ひと月だけの愛の嘘

トリッシュ・モーリ　作

山本みと　訳

ハーレクイン・ロマンス

東京・ロンドン・トロント・パリ・ニューヨーク・アテネ・アムステルダム
ハンブルク・ストックホルム・ミラノ・シドニー・マドリッド・ワルシャワ
ブダペスト・リオデジャネイロ・ルクセンブルク・フリブール・ムンバイ

BARTERING HER INNOCENCE

by Trish Morey

Published by Harlequin K.K., Tokyo, 2013

トリッシュ・モーリ

オーストラリア出身。初めて物語を作ったのは11歳のとき。賞に応募するも、応募規定を間違ってしまい失格に。その挫折がもたらした影響は大きく、やがて会計士としての道を選ぶ。故郷アデレードからキャンベラに移り住んだとき、現在の夫と出会った。結婚し、4人の娘に恵まれ幸せな日々を送っていたが、夢をあきらめきれずもう一度小説家を目指すことに。今ではオーストラリアのロマンス作家協会で、副会長を務める。

主要登場人物

ヴァレンティナ・ヘンダーソン……家事手伝い。愛称ティナ。
リリー・ダレンクール・ボーシャン……ティナの母親。
ミッチェル・ヘンダーソン……ティナの父親。リリーの元夫。愛称ミッチ。
カルメラ……リリーの家政婦。
エドゥアルド……リリーの夫。故人。
ルカ・バルバリーゴ……エドゥアルドの甥。銀行家。
マテオ・クレッシーニ……ルカのいとこ。

1

ティナ・ヘンダーソンがルカ・バルバリーゴを最後に見たとき、彼は一糸まとわぬ姿だった。すばらしくもみだらで、力強さと男らしさの完璧な標本だ――くっきりした顎に残る赤い跡を大目に見るならば、だけれど。

そのあとの出来事については……。

まったくもう。あの姿を思い出しただけでも、充分まずいのだ。そのあとについてはいっさい思い出したくない。きっと聞き違いだ。母が話しているのは、あの男性のことではない。人生だって、そこまで残酷ではないはずだ。ティナは汗ばんだ手で受話器をぎゅっと握りしめた。

「もう一度言って……誰ですって？」

「ちゃんと聞いているの、ヴァレンティナ？ ルカ・バルバリーゴと話をしてちょうだい。彼に道理をわからせてほしいの」

絶対に無理よ。二度と彼に会わないと自分に言い聞かせたのに。いいえ、それ以上だわ。二度と会わないと誓ったのだから。

「ヴァレンティナ！ こっちに来てもらいたいの。あなたが必要なのよ。今すぐに！」

ティナは鼻梁《びりょう》を指で押さえて、頭に焼きついた、人生でもっともすばらしい夜のイメージを遮断しようとした――ベッドから起きあがった一糸まとわぬ男性の姿を。長い脚は力強く、背中は大理石の彫刻のようだった。そのとき、渦巻く感情が襲いかかってきた。そのあとに起きた出来事が、怒りと混乱を、苦悩と失望をよみがえらせた。

ティナはさらに指に力を込めた。子宮の鈍い痛みすり、さまざまな感情を怒りに結集させようと努力した。実際、ティナは怒っていた。過去の出来事のせいばかりではない。これが実にリリーらしいからだ。母親が一年ぶりに電話をかけてきたのは、遅ればせながら娘に誕生日おめでとうと言うためではなく、欲しいものがあったからだ。夫や恋人たちの愛情であれ、お金であれ、お世辞であれ、リリーが何かを求めないときなどあっただろうか？

そして今、彼女は愚かにもルカ・バルバリーゴのような者に道理をわからせるために、娘が取るものも取りあえずヴェネチアまで飛ぶと思っている。

絶対にありえない。それに、不可能でもあった。オーストラリアからヴェネチアに行くには地球を半周しなければならない。家業の農場はティナの手を必要としている。ルカ・バルバリーゴとのあいだにどんなもめ事があるにしても、リリーは一人で問題を解決するしかない。

「悪いけど」ティナは部屋の向こう側にいる父親に、心配ないと目配せで伝えた。「私にできることは何もないから……」

「でも、あなたじゃなきゃだめなのよ！」母親が電話の向こうから金切り声をあげた。あまりに大きな声だったので、ティナは受話器を耳から遠ざけた。

「彼は私を家から追い出すと脅しているのよ！　わからない？　あなたが来ないといけないの！」リリー・ダレンクール・ボーシャンは生まれも育ちもイギリスだが、そのあとフランス語をまくしたてた。驚くことではない。熱のこもった話し方をしたいとき、リリーはこの戦略を使うのだ。

ティナは突然ひどい疲れを感じた。羊毛を刈り取る時期に入り、今日はずっと父親を手伝っていた。キッチンのシンクには洗い物がたまっているし、明日は銀行の支店長に会う予定なので、これから請求書の山を片付けなくてはならない。ティナは額をこすった。頭痛が始まっている。支店長と会うのは気が進まない。こちらは常に弱い立場だからだ。

今は、それもささいな問題でしかないけれど……。

在庫管理表を見ているふりをしていた父親がティナに同情的な笑みを投げかけ、広いカントリー風キッチンに姿を消した。まったく力になってくれなかった。でも考えてみれば、彼は二十五年前にリリーとの関係を断ったのだ。結婚生活は短かったかもしれないが、相手があの母親では、刑務所暮らしにも等しかっただろう。

父親が蛇口をまわしたのか、古い配水管が音をたてた。続いてガスこんろにやかんをのせる音が聞こえた。母親はなおも懇願を続けている。

「わかったわ、リリー」ティナは母親が息を継いだ隙に口をはさんだ。「それで、どういうわけでルカ・バルバリーゴに屋敷《パラッツォ》から追い出されると思うの？　彼はエドゥアルドの甥《おい》というだけでしょう。そんな脅しをするのはどうして？　よければ英語で話してくれないかしら。私のフランス語はすっかり錆《さ》びついてしまったから」

「だから言ったでしょう、もっとヨーロッパ大陸で過ごしなさいって」母親は文句の言葉を繰り出しながらなめらかに言語を切り替えた。「そんなオーストラリアの奥地《アウトバック》に引きこもっていてはだめよ」

「ジューニーはアウトバックじゃないわ」ティナは言い返した。ジューニーはニューサウスウェールズ州の中くらいの町で、キャンベラから二時間も離れていない。それに、私はここに〝引きこもって〟などいない。むしろ世間とかかわりを持ちたくないからこそ、こういう暮らしを選んだのだ。「実際、ここはずいぶん都会なのよ。新しいボウリング場が建つという噂《うわさ》もあるんだから」

その言葉は沈黙に迎えられた。母親にとって都会とは、オペラハウスが少なくとも六箇所は必要だ。

きく必要もないわよ。どうしてルカ・バルバリーゴに脅されるの? エドゥアルドがパラッツォを遺《のこ》してくれたんでしょう?」

リリーが柄にもなく黙り込んでいる。ティナの耳に、暖炉の上に置かれた時計のかちかち鳴る音、裏口のドアが開いて閉じる音が聞こえた。父が外に出ていったのだろう。「えっと」リリーがとうとう口を開いた。「彼からいくらかお金を借りたのよ」

「なんですって?」ティナはぎゅっと目を閉じた。ルカ・バルバリーゴは非情な銀行家というもっぱらの評判だ。彼はそれで財を成し、一族の過去の栄華を取り戻した。ティナはごくりと唾をのみ込んだ。知り合いの中から、よりによってルカに金を無心するなんて! 「でも、どうして?」

「どうしようもなかったからよ!」リリーが主張した。「どこかからお金を工面しなければならなくて、ルカなら家族だから、面倒を見てくれると思ったの。彼は私の面倒を見るって約束してくれたわ」

ルカはリリーの面倒を見た。そしてそこに付け入ったのだ。「どうしてお金が必要になったの?」

「もちろん、生きるためよ。エドゥアルドの遺産が雀《すずめ》の涙だったのは知っているでしょう」

「ルカ・バルバリーゴからお金を借りて、今になって返済を迫られているということね」

「お金を返せないなら、パラッツォを取りあげると言われたの」

「それで、金額はいくら?」ティナは尋ねた。こめかみを押さえつけられるような感じがする。築数百年というパラッツォは大運河からは少し離れた場所にあるが、今でも何百万ドルという価値がある。いったいルカはリリーのどんな弱みを握っているのかしら? 「彼にどのくらい借金があるの?」

「あらまあ、私をなんだと思っているの?

要があって？」

ティナは額をこすった。「いいわ。だったら、どうして彼はあなたをほうり出せるの？」

「だから、来てくれって言っているんじゃないの！ルカがどんなにものわかりが悪いか、あなたから教えてやってちょうだい」

「何も私じゃなくてもいいでしょう。近くに助けてくれる人が大勢いるはずよ」

「彼はあなたの友達じゃないの！」

ティナの背筋を冷たいものが駆けおりた。友達だなんてとんでもない。キッチンで、沸騰したやかんが鳴りはじめた。その甲高い音は、ティナのすり減った神経と痛ましい記憶に完璧に同調した。これまでの人生で、ルカと会ったのは三度しかない。一度目はティナの母親がヴェネチアで結婚式を挙げたときだ。そこでルカはティナの手を取り、魅力的な言葉で彼女の気を引いた。そしてティナは即座に判断を下した。彼はリリーが躍起になって誘惑するようなお金持ちのハンサムな男性だ。私はかかわりたくない。だから、一緒に夜を過ごそうと言われたとき、興味がないと答えた。たしかに私はリリーの娘かもしれない。でも、母親には絶対に似ていない。

二度目はエドゥアルドの七十歳の誕生日だった。派手なパーティが開かれ、ルカとは挨拶を交わしたくらいで、ほとんど接触がなかった。ティナはルカの熱い視線に肌がちりちりするのを感じたが、彼は距離を置いていた。

三度目はクロスター家で友人の誕生日を祝ったときだった。ティナはシャンパンを何杯も飲み、警戒心がゆるんでいた。そんなときにルカが現れ、突然彼の魅力がティナに影響を及ぼした。彼はやさしくて楽しかった。そして彼女を脇に連れていき、キスをした。その一度のキスが、ティナの防衛本能をすべて溶かしてしまった。

その後、二人は一夜を過ごした。大きな不幸と苦悩を招いたその一夜は、決してティナの心の中から消えることはない。母親にその話はしていない。

「誰が友達だなんて言ったの？」

「もちろん彼に決まっているでしょう。あなたのようすをきかれたのよ」

人でなし！　まるで私のことを気づかっているみたいに。「彼は嘘《うそ》をついたのよ」ティナの声に合わせて、やかんが叫び声をあげた。「これまで友達だったことはないわ」

今もないし、この先も絶対にありえない。

「とにかく」リリーが言った。「こういう状況では、そっちのほうがありがたいわ。私のためにあいだに入ってもらっても、問題が起きないもの」

ティナは額に手を当てた。叫び声は頭の中から聞こえる。「ねえ、リリー。私に何かできるとは思えないの。私がそこにいたからといって、役に立つこともないし。それに、今は出かけられないのよ。これから羊毛を刈り取る時期だから、私がいないと、パパが困るの。弁護士を雇ったらどう？」

「私に弁護士を雇う余裕があると思う？」

裏の網戸がばたんと閉まった。父親の悪態が聞こえ、頭の中の叫び声が小さくなってやんだ。

「もしかしたら……シャンデリアを一つか二つ売ればいいんじゃないかしら」ティナが最後にヴェネチアを訪れたとき、リリーはパラッツォ十軒分のシャンデリアを持っているように見えた。

「ムラーノグラスを売れというの？　頭がどうかしているんじゃない？　あれは取り替えがきかないのよ！　一つ一つが特別なものなの」

「いいわ、リリー。今のは単なる提案だから。でも、ほかに何も思い浮かばないの。気の毒とは思うけど、私では役に立てないわ。それに、刈り取りのために明日から人が来るの。手いっぱいなのよ」

「でも、あなたは来なきゃならないのよ、ヴァレンティナ！　必ず！」

ティナは電話を切り、しばらく受話器を押さえていた。目の奥の突き刺すような痛みは、しつこい鈍痛に変わっていた。今さらなぜ？　どうして彼なの？　リリーが借金の問題を誇張していることはありえる――どんな問題であれ、大げさに騒ぎたてるのだから。でも、そうでなかったら？　今回は本当に深刻な事態だとしたら？　もしそうなら、私はどうすればいいの？　ルカ・バルバリーゴが私の話を聞き入れてくれるとは考えがたい。

友達ですって？　彼は何をたくらんでいるの？　行きずりの関係と呼ぶほうが近いのに。

「おまえの母親は、誕生日おめでとうと言うために電話をかけてきたわけじゃなさそうだね？」父親がキッチンの入り口に立っていた。大きな両手にマグカップを持っている。

重い心と吐き気にもかかわらず、ティナはほほえんだ。「そんなふうに見えた？」

そう問われ、父親はマグカップを一つ差し出した。「コーヒーは？　もっと強いものがいいかな？」

「ありがとう、パパ」ティナはカップを受け取った。「今はコーヒーが欲しいわ」

父親はコーヒーをひと口飲むと、大きく息を吸い込んだ。「リリーのサーカス団の最新の出し物はなんだ？　空が落ちてきた？　運河が干上がった？」

ティナは顔をしかめた。「似たようなものね。パラッツォを追い出されそうなの。エドゥアルドの甥からお金を借りたらしいのよ。おかしな話なんだけれど、彼が返済を迫っているんですって。リリーは、私なら彼を説得できると考えているみたいで……」

「だが、おまえはそう思わないと？」

ティナは肩をすくめた。こんなふうに肩をすくめるだけで、ルカの記憶もふるい落とせたら楽だろうに。そして、その後の出来事を忘れられたら……。

「私はその人に会ったことがあるから」お願いだから、いつ、どんなふうに会ったかは、きかないで。

「弁護士を雇ったほうがいいと言っておいたわ」

父親はうなずき、コーヒーを見つめた。ティナは会話がこれで終わったと考え、シンクの食器と請求書の山を思い出した。キッチンに向かった娘に、父親が声をかけた。「それで、いつここを発《た》つ?」

「私は行かないわよ」ティナの足がとまった。私は行きたくない。行けるわけがない。母親には、考えてみる、また電話すると言ったが、行くつもりはなかった。ルカには二度と会わない。これは絶対に破れない誓いなのだ。あのときの苦しみを考えただけで……。「今、パパを置いていくわけにはいかないわ。羊毛の刈り取りが始まるんだもの」

「おまえがいなくても、私がなんとかするよ」

「どうやって? 明日から刈り取りの人がやってくるのよ。十人以上の男性のために、誰が料理するの? パパじゃ無理でしょう」

父親は肩をすくめて、にやりとした。「だったら町に行って、料理ができる人を探すさ。おまえは知らないだろうが、ディアドリ・ターナーはまあまあの肉料理を作ると聞いている。それにパンプキンスコーンを披露するチャンスがあれば、彼女も飛びつくさ」笑みが消え、鋭い琥珀《こはく》色の瞳が真剣味を帯びた。「私は大人なんだよ、ティナ」

父親がほかの女性の話を持ち出したのだから、いつもならティナも喜んでいただろう。彼女は父親に再婚すべきだとずっと言いつづけてきた。でも今は、それ以上に重要なことがある――たとえば、ヴェネチアに行けない理由を挙げるとか。

「お金の無駄よ。航空券を買い、料理する人を雇い……銀行にいろいろ便宜を図ってもらっているときなのに。だいいち、パパだってリリーのことはよくわかっているはずよ。五十歳になったときにも、大げさに騒ぎたてたじゃないの。まるで人生が終わったみたいだったわ。今回もまったく同じよ。これまでのように大げさなお芝居だわ」

「ティナ」ひげの伸びかけた顎をさすりながら、父親が言った。「最後にママに会ったのはいつだった？　二年前？　それとも三年前か？　理由はさておき、彼女がおまえを必要としている。たぶん、おまえは行くべきなんじゃないかな」

「パパ、説明したでしょう――」

「いや、言い訳を並べただけだ」

ティナは肩をいからせ、顎を上げた。たしかに言い訳だったかもしれない。もし父が真実を知っていたら、理解し、同情してくれたはずだ。行くべきだなどとは言わなかっただろう。でも、これまでずっと隠していたことを――恥ずべき秘密を、どうして今さら打ち明けられるかしら？　私は愚かで無責任だった。あの女性には似ていないと自分に言い聞かせてきたのに。あんな告白をしたら、父はショックを受ける。死んでも言いたくない。

防御が選択肢にないなら、攻撃にまわるしかない。

「どうしてパパはリリーのために、私を地球の反対側に行かせようとするの？　彼女がパパのために何かをしてくれたことなんてないのに」

父親はティナの肩に腕をまわすと、つかの間彼女を抱きしめた。「何もおまえを行かせたいわけじゃない。だが、彼女は今でもおまえのママなんだよ。私たちのあいだに何が起こったにしても、おまえはその事実から逃れられない。さて」彼はマグカップを置くと、布巾を取りあげた。「ボウリング場の話はなんなんだ？　私は聞いていないぞ」

ティナは鼻にしわを寄せると、父親の手から布巾を奪い取った。彼にも、今日じゅうに終わらせなければならない雑用が山ほどある。「どう思う?」ティナは父親をドアのほうに押しやりながら、明るすぎる口調で言った。「実は私も聞いていないの」

ティナの意図を察して、父親がよく響く低い声で笑った。「おまえのママはびっくりするだろうな」

「私は行かないわよ、パパ」

「いや、行くさ。明日町に行ったときに、飛行機の便を確かめよう」父親は引き返してティナを抱きしめると、娘が幼いころからしてきたように赤みがかった金色の髪にキスをした。「おやすみ」

その後、ティナは洗剤を入れたシンクの水にフォークやナイフをつけながら、父親の言葉を思い起こした。母親にずっと会っていなかったことに罪の意識を感じ、父の言うとおりかもしれないと考えた。まったく気が合わないとはいえ、母親を見捨てることはできないのだろう。

そして、ルカ・バルバリーゴからも逃れられない。

私はずっと逃げてきた。人生で最大の過ちを忘れるために、地球の反対側まで逃げてきた。けれども、どうやっても逃れられない過ちはある。

ティナはシンクの栓を抜き、渦巻きながら流れていく水を見つめた。その色は、遠く離れたシドニーの墓地にある小さな墓石の鉄製の囲いと同じだった。

シンクに落ちた涙が、泡と一緒に流れていった。ティナは頬をぬぐった。自分を哀れんではだめ。どうしてルカに再会するのをこんなに恐れるの? 私にとって、彼はなんの意味もない存在だ。最悪の結末で終わった一夜限りの相手でしかない。たぶんリリーが正しいのだ。ルカ・バルバリーゴに立ち向かうとしたら、きっと私が最適な人物なのだ。とはいえ、二人のあいだに友情があるわけではないし、彼の魅力に惑わされるつもりもない。もう二度と。

そこまで愚かではないのだから!

2

彼女がやってくる。

彼女の母親がそう言っていた。

暗闇の中、ルカはバルコニーに立ち、大運河を見おろしていた。全身がざわめいて、杭《くい》に打ち寄せる静かな運河の水音でさえ期待のうなりに聞こえる。ヴァレンティナがやってくる。邪悪な銀行家の魔の手から母親を救い出すつもりなのだ。

計画どおりだ。

ルカの唇に笑みが浮かんだ。

浪費家の母親が喉から手が出るほど金を欲しがっていたのは、なんという幸運だったのか。切羽つまるあまり、彼女は借用書の細かい条項をしっかり読まなかった。おじと結婚すれば特別待遇を受けられると思うとは、無知にもほどがある。

たしかに特別待遇だ。

ルカが投げた縄は、かつての美女の首にきつく巻きついている。彼女はせっかく手中におさめた価値ある屋敷《パラッツォ》を、今や失おうとしている。

流しの水上タクシーが一艘《そう》、そばを通っていく。暗い夜に、つややかな木製の船に乗る操舵手《そうだしゅ》の白いシャツが浮きあがって見えた。やがて船と操舵手は脇の細い運河へと消えていった。ルカは暗い水面を横切る航跡を見つめた。水音が脈打つ彼の血に重なり、彼女が近づいてくるのを感じた。

ルカは夜の空を仰ぎ見て、時間を逆算した。そして飛行機に乗っている彼女を――このヴェネチアでルカが待っていると考え、眠れないであろう彼女を想像した。

甘美な期待感を味わいながら、彼はほほえんだ。

ルカはギャンブラーではない。運というのは、愚か者のためのものだ。彼は緻密な計算によって富を獲得し、偶然にまかせたことはない。ルカにとっての運は、入念な準備と最高の機会が掛け合わされたときに起こるものなのだ。

その二つの種が、収穫の時期を迎える。

パラッツォはかつてルカのおじのものだった。おじはあの女の毒牙にかかり、しっかりとつかまってしまった。だが、これで取り戻したも同然だ。とはいえ、ルカを駆りたてているのは、パラッツォが一族に戻るという満足感ではない。はるかに価値のあるものをリリー・ボーシャンが持っているからだ。

かけがえのない娘を。

かつて彼女はルカを捨てて立ち去った。彼の顎に跡を残して。まるで自分が高い倫理観の持ち主であるかのように。彼はあとを追わなかった。いい厄介払いだった。セックスはよかった。だが、ベッドでどんなによかろうと、女など追いかける価値はない。彼はヴァレンティナを頭の中から追い払った。

ところが、彼女の母親が財政難を訴え、助けを求めてきた。ルカはあの娘と、彼女と過ごした夜を思い出した。あっという間に終わった関係だ。ルカは彼女の母親に喜んで援助の手を差し伸べた。報復のチャンスかもしれないと思いながら、亡きおじの妻のために自分にできるせめてものことだと言った。

そして今、運命は二つの誤りを正す機会をルカに差し出している。借りを帳消しにするのだ。

相手は浪費家の母親だけでない。自分は特別だと考えている女に対してもだ。彼女は自分をもっと上等な人間だと思い込んでいた。ルカは彼女に母親とたいして変わらないと思い知らせるつもりだった。関係を終わらせたのは彼のほうだと教えたかった。

今度こそ公然と、情け容赦なく彼女を捨てるのだ。

3

ヴェネチアに着くと、現実の生活から、おとぎの世界に入っていくように感じる。ローマ広場で空港バスに積んだ荷物を受け取りながら、ティナはそんなふうに思った。ここはまさに現実世界の終着点だ。固い地面に建物が立ち、車輪で動く移動手段を使う世界に対して、広場から張り出す橋の先には、おとぎばなしの世界が広がっている。インクのような水の上に浮かぶこの土地では、船が覇者なのだ。

たしかに美しい。けれども、運河に面した窓の列を眺めていると、陰鬱にも感じられる。謎と秘密、暗い思惑が渦巻くような……。

ティナは身震いした。すでに緊張していたが、突然無防備になった気がした。どうしてこんなふうに感じたのかしら？

なぜなら、彼がここにいるからだ。ティナはうねる運河に沿って立ち並ぶ建物に目を走らせた。ルカはこの古い都市のどこかの窓の向こうにいる。

私を待っている。

まったくもう。疲れているから、こんなことを考えるんだわ。とはいえ、飛行機でも同じように感じた。うとうとしながらルカの夢ばかり見ていたので、目覚めたあとも彼に見つめられている気分だった。

そう考えて、また全身に震えが走った。

ティナは目にかかる前髪を払うと、ディーゼル油のにおいがする重い空気を吸い込み、頭をはっきりさせようとした。ああ、もうへとへと！　ティナはうめき声をもらし、バックパックを肩にかけた。

悪い夢も、〝昔々〟で始まるおとぎばなしも忘れてしまいなさい。できるだけ早く帰りの飛行機に乗ることだけを考えるのよ。それが私にとってのハッピーエンドなのだから。

ティナは列に並び、混雑する運河でエンジン音を響かせる水上バス《ヴァポレット》のチケットを買った。三日間有効のフリーパスがちょうどいいだろう。問題が片付いたらすぐに帰国するという約束を父親と交わして、ヴェネチアに来たのだ。これは休暇ではないし、それ以上長く滞在する予定はない。

運がよければ、ここに来たことをルカ・バルバリーゴに知られる前に、オーストラリア行きの飛行機に乗れるはずだ。

ティナはふふんと笑った。その音は揺れるヴァポレットに乗り込む観光客にかき消された。そう、これは希望的観測かもしれない。それでも、彼とのかかわりは少なければ少ないほどいい。すり切れた神経と夢のせいでいくらおびえていようが、ルカ・バルバリーゴのほうも同じように感じているはずだ。

彼の顔をひっぱたいたときにできた鮮やかな跡が目に浮かんだ。結局のところ、二人は友好的に別れたとは言いがたい。

カメラやビデオを手にした観光客が、船べりでひしめき合っている。ティナは通り過ぎる光景には心引かれることなく、船の中央に引っ込んだ。ここはルカ・バルバリーゴの縄張りだ。ばかげているとは思うが、感情を理性で制するのが難しいときもある。ルカ・バルバリーゴと夜を過ごしたときのように。あのときの決断に理性はかかわっていなかった。

そして今もまた、まるで理性に見捨てられたみたいだ。故郷のキッチンでは自信がみなぎり、ルカに対峙《たいじ》できると考えた。迷いなく彼に立ち向かおうと決意した。ところがこのヴェネチアでは、二人に一人が黒髪と黒い目を持つように見えるのだ。それがルカを思い起こさせる。とにかく身を隠したかった。

ティナは身震いし、ジャケットのファスナーを上げた。暑い九月の気候も、人々の熱気も、背筋を伝いおりる突然の寒気を防ぐには充分ではない。

ああ、ぐっすり眠りたい。クアラルンプールとアムステルダムで飛行機を乗り継ぎ、二十二時間の移動時間は三十六時間にも感じられた。シャワーを浴びて、軽い食事をとるだけで、気分もずっとよくなるはずだ。それに数時間後には、誘惑に負けて眠りに落ちることができる。うまくいけば、朝にはいつもの気分にいくらか近づいているだろう。

停留所に着いたヴァポレットが浮き桟橋に当たって片側に揺れ、乗客はよろめいて吊《つ》り革につかまった。やがて揺れがおさまると、ゲートが開いて大勢の人が降り、また大勢が乗り込んだ。汗とディーゼル油のにおいが入りまじる運河の空気が、ティナの肺に広がった。

船がふたたび運河の中央にすべり出た。すれ違う小舟とは十センチと離れていない。ティナは自分に言い聞かせた。三日だ。すぐ帰国するのだから、ルカに再会してもうまくやり過ごせる。

三日なんてあっという間だ。

帰る日が待ちきれない。

水上バスがカンナレージョ運河で左に曲がり、ティナは隅に置いてあった荷物の山から自分のバックパックを取りあげた。今度は顔を上げてあたりを見まわすと、ちょうど母親の家が視界に入ってきた。その両脇の建物は、生クリームのような白い色に塗られ、手入れが行き届いている。

何世紀も前に建てられた母親の屋敷《パラッツォ》にヴァポレットが近づいていったとき、ティナは顔をしかめた。記憶にあるよりも状態が悪くなっているようだ。かつてはやわらかな赤褐色だった壁は色あせているし、一階までの漆喰《しっくい》壁もはがれ落ち、水際では汚れて黄色くなった古い煉瓦《れんが》があらわになっている。水路側の扉は腐って開かないように見えるばかりか、手前の杭《くい》はななめに傾き、ヴァポレットが通り過ぎるときに揺らいだ。ティナはうろたえた。かつては堂々とした入り口だったが、今はみじめで荒れ果てている。窓辺のプランターも空っぽで見捨てられていた。

観光客は古い時計塔や、歌うゴンドリエの乗るゴンドラなど、もっとすばらしい風景を探して、カメラを別方向に向けた。これが母親の住む家だと思うと、ティナは恥ずかしさすら覚えた。

母は借りたお金をどうしたのだろう。生きるためだと言っていたけれど、かつての建物の姿を取り戻すために借りたのではなさそうだ。ティナは次の停留所で船を降り、細い道を入って運河から離れた。パラッツォは水路側の乗降口だけでなく、正面の庭には歩行者が使う玄関も備えている。装飾的な鉄の門を入ると、さらに細い道に入り、うろうろする観光客たちのあいだを縫って進んでいく。目的の門が見つかったと思ったが、塀には伸び放題の蔦《つた》が張りつき、その先端が髪にからまった。ここではないはずだと思いつつも鉄の格子の向こうをのぞいたとき、違う家に見えた理由がわかった。

かつてはここも美しい中庭だった。芝生は手入れされ、庭木は凝った形に刈り込まれていた。だが今は見捨てられて、荒れ放題だ。十五世紀に造られた井戸は干上がり、中から植物が伸びてきているし、小道の両脇の生け垣も何カ月も刈っていない。玄関を守る二頭の獅子《しし》の上の植木鉢だけはきれいな花があふれ、誰かが苦心したようすがうかがえた。

ああ、リリー。ティナは周囲を見まわして、嘆かわしく思った。この庭園もかつては憩いの場所だった。それをここまでほうっておくなんて、いったい何があったの？

門に鍵はかかっていなかったが、錆《さ》びついてしっかり閉まっていた。これほど大きな家で、母はたった一人で暮らしているのだろうか。門を開けようとすると、金属同士がこすれ合って、耳障りな音をたてた。その大きな音には、どんな泥棒も逃げ出すに違いない。

もっとも、母親が駆け寄ってくるほど大きくはなかった。そもそも、リリーはレディなので走らない。だが、家政婦のカルメラがエプロンで手をふきながら飛び出してきた。両手の指で足りる回数しか会ったことがなかったが、彼女は自分の娘が里帰りしたかのように、満面の笑みでティナを迎えてくれた。

「ヴァレンティナ、べっぴんさん《ベラ》！　来てくれたんですね」カルメラは両手でティナの顔をはさみ、両頬にキスをしてから背中をぽんぽんとたたいた。

「まずこれを……」そう言って、ティナの背中からバックパックをはずした。「私が持ちましょう。来てくれて本当によかった」そして突然しかめっ面になった。「お母さまがあなたを必要としています。さあ、お連れしましょう」

カルメラはふたたび笑顔になり、先に立ってパラッツォに向かった。そのあいだもずっとイタリア語と英語でおしゃべりを続けていた。ここに来るまでずっと気が張っていたティナも、いつしかほほえんでいた。母親は自分が呼んだのだから、娘が来て当然と考えている。ルカ・バルバリーゴには、不快だが避けられない厄介者と見なされているだろう。けれども少なくとも一人は、彼女を見て心から喜んでくれた。

ティナはカルメラのあとから屋敷の中に入った。明るい秋の日差しのもとにいただけに、中は暗く、涼しかった。母親の姿はどこにも見えない。目が慣れてくるうちに、何かに反射する無数の小さな光が見えてきた。

ヴェネチアングラスだ。リリーは以前から地元の名産品に情熱を傾けていた。最後にここに来たときよりも、かなり増えているようだ。

建物全体を貫く廊下には、三つの巨大なシャンデリアが吊りさがり、モザイクガラスに縁取られた鏡が壁に並んでいる。ティナは意識して廊下の中央を歩いた。そうしなければ、芸術作品が大量に飾ってあるテーブルを引っくり返してしまいそうだった。最後にここに来たとき、廊下はどんなだったかしら。今よりも、ものが少なかったのはたしかだ。

カルメラがティナをキッチンに導いた。コーヒーと焼きたてのパン、それにこんろから、えもいわれぬいい香りが漂ってくる。なんとも幸せな気分だ。カルメラはティナのバックパックを置くと、エプロンでこんろの上の鍋の取っ手を包んだ。「おなかがすいたでしょう、ベラ」彼女は金属製の鍋敷きの上に湯気の立つリゾットの鍋を置いた。

空腹を感じてティナのおなかがぐうっと鳴った。家政婦は焼きたてのパンを二枚厚くスライスし、冷蔵庫からサラダを取り出した。機内の食事に比べると、ずいぶんごちそうだ。

「すごくおいしそう」ティナは椅子を引き出した。「リリーはどこにいるの？」

「いくつか電話をかけなきゃいけないとかで」その声は不満げだ。カルメラはマッシュルーム・リゾットを皿によそい、その上でパルメザンチーズをすりおろした。「急ぎの用みたいでしたよ」

「それならいいの」ティナはまったく驚いていなかった。呼びつけた相手を待たせたからといって、リリーは良心の呵責《かしやく》を感じたりはしない。空港で出迎えたり、騒ぎたてたりするような母親でもない。「ここのキッチンにいると落ち着くわ。ひと休みしたかったの。それにおなかはぺこぺこだし」

家政婦が満面の笑みを返した。「だったら、たんと召しあがれ。お代わりはたっぷりありますよ」

リゾットは最高だった。クリーミーで、口の中でなめらかにとろけた。ティナはじっくり味わった。

「庭はどうしちゃったの、カルメラ?」食欲が満たされたところで、ティナは尋ねた。エスプレッソを手に、ゆったりとくつろぐ。

家政婦はうなずき、スツールの一つに腰かけた。小さなコーヒーカップを手で包んでいる。「シニョーラはもう人を雇う余裕がないんですよ。庭師に暇を出し、そのあと秘書もやめました。なんとかハーブ菜園といくつかの鉢はきれいにしておこうと頑張っているんですが、それも難しくって」

そうだろうとティナは思った。「でも、あなたにはお給料は支払われているんでしょう?」

「ええ。シニョーラが払えるときに。足りない分はいずれ払うって約束してくれましたよ」

「まあ、カルメラ、そんなのひどすぎるわ。どうしてここにいるの? あなたなら、ヴェネチアのどこの家だって働けるでしょうに」

「あなたのお母さまを置き去りにするんですか?」

家政婦はコーヒーを飲み干すと、ティナの手をそっとたたき、カップと皿を片付けはじめた。「私は多くを望みませんから。こうして住む場所はあるし、なんとかやっていけるだけのものは持っていますよ。それに、あなたのお母さまの運命だって、いつ変わるかしれないでしょう」

「どうやって? また結婚しそうなの?」

カルメラはただほほえみ、義理堅くコメントを避けた。最初の結婚を除けば、リリーが裕福な夫をつかまえて財産を増やしていったのは、誰もがよく知っている。エドゥアルドの場合は計算違いだったようだが。「あなたがここに来たんですから」

私にできることは何もないとティナが言おうとしたとき、タイルに響く足音と母親の声が聞こえてきた。「カルメラ、話し声が聞こえたと思ったけれど——」リリーがドア口に現れた。「まあ、ヴァレンティナ、着いたのね。たった今、あなたのお父さまと話していたところなのよ。もう着いているとわかっていたら、彼にそう伝えたのに」

ティナはスツールから下りた。母親から品定めするようなまなざしを受け、居心地の悪さを感じた。

「お久しぶり、リリー」いまいましいことに、母親を前にすると、自分が女性として基準に達していない気がする。「パパは私に電話してきたの？」

「実を言うと、違うの」リリーが言葉を濁した。「私たち、ちょっと……話し合わなければならないことがあって。心配しなくていいのよ」

リリーは断言し、娘の両頬にキスのまねごとをすると、あっという間に体を離した。夫の一人が彼女のために調合させた秘密のシャネルの香りがふんわり漂った。リリーは常に最高級のものを好む。ブランドにしろ何にしろ、数が限られているものほどいい。その特注のシルクのドレスやルブタンのハイヒールを見ると、以前と何も変わっていないのがわかった。庭は荒れ果てているかもしれないが、母親の外見にみすぼらしさはなく、相変わらず華やかだ。

「疲れて見えるわよ」リリーが遠慮なく言った。明らかに不満なようすでティナのタンクトップと色あせたジーンズを見たあと、カルメラからお茶のカップを受け取った。「さっぱりして、もっとましなものに着替えたいでしょう。二人で出かける前に」

ティナは眉をひそめた。「出かける？」今は何よりもシャワーを浴びて、十二時間は眠りたい。だが、母親が銀行との約束を取りつけたなら、問題解決のために出かけてもかまわない。「どういう予定？」

「ショッピングよ。三月二十二日通りに新しいブティックがいくつかできたから。大人になった娘を連れて買い物するのも楽しいかと思って」

「ショッピング？」ティナは信じられないという顔で母親を見つめた。「本気で買い物に行きたいの？」

「何か問題でも？」

「何を買うつもりなの？　霞《かすみ》かしら？」

リリーが笑った。「ばか言わないで、ヴァレンティナ。あなたがヴェネチアに戻ったのよ。お祝いに新しい服を二、三着買ってもいいでしょう？」

「ふざけてなんていないわ、リリー。私は頼まれたからここに来たのよ。いいえ、命令されたから来たんだわ。あなたがここから追い出されると言ったから。それなのに、私が着いたとたん、ショッピングに出かけようだなんて、意味がわからない」

「ヴァレンティナ――」

「だめよ！　パパにだって問題が山積みなのに、こうして来たのよ。あなたの問題を解決するためによ。あなたが頼んだんでしょう」

リリーは助けを求めてカルメラを見たが、家政婦はすでに背を向け、一心にこんろを磨いている。リリーは娘に向き直った。「いいわ、だったら――」

「だったら、さっそく始めましょう」ティナはため息をついた。「そうね、リリー。すべてが解決したら、そのときにショッピングの時間があるかもしれないわ。書類をそろえておいてほしいの。シャワーを浴びて着替えたら、チェックするわ。もしかしたら、それほど状況は悪くないかもしれないし」


一時間後、ティナは頭を抱えていた。一日十六時間働く実家の農場に戻りたかった。ここではないどこかに行きたかった。ここにいて、母親が作り出した悪夢に立ち向かう気にはなれない。

もう一度書類に目を通そうかとも考えた。計算を間違えたか、母親の借金の額を多く見積もったかもしれない。だが、すでに二度も見直した。銀行とクレジットカードの明細書をチェックし、借用書をじっくり読んだ。母国語ではない複雑な法律用語を理解するには辞書が必要だった。

やはり誤りはない。

ティナは鼻梁《びりょう》をこすって、ため息をついた。骨董品《こっとうひん》のチェストに隠してあった紙の束を見つけたときから、悪い予感がしていた。それでも、ごちゃごちゃの書類を整理しながら、一縷《いちる》の希望にすがった。母を救い出す鍵がこの中にあるかもしれない。

ティナは会計士ではない。だが、経営の厳しい農場で帳簿付けをしてきたことで、金銭管理について多くを学んだ。ゆっくりとパズルのピースを当てはめていくうちに、鍵などないとはっきりした。つまり、打つ手はないということだ。

リリーはエドゥアルドが遺《のこ》したわずかな不動産がもたらす収入の十倍もの金額を使っている。そして見たところ、ルカ・バルバリーゴは喜んでその差額を貸し出しているようだ。

使用人の給料も払わずに、リリーはどこで散財しているのだろう？　地元の食料雑貨店の請求書が山のようにあったし、ブティックのものも大量に見つかった。それでも、ここまで深刻な状況に陥るほどではない。でも、もしかしたら……。

ティナは部屋を見まわした。周囲は置物だらけで、酸素を吸い取られるような気がしてくる。デスクの隣でランプが灯《とも》っているが、これはただのランプではない。こぶのあるねじれた幹にたくさんの花が咲き、張り出した十本もの枝には生い茂る葉と、もっと多くの花がついている。この花が電球で、すべてがガラスでできていた。

本当にいやになる。

しかも、ランプはこれ一つではない。繁殖する生物のように、部屋の四隅や椅子の上にもある。

新しいのかしら？

シャンデリアは覚えている。白く長い茎から、黄色の水仙とピンクの芍薬《しゃくやく》、それにティナが名前を覚えられないブルーの花が開いている。これほどすばらしい作品を忘れるわけがない。最後に来たときにここにあれば、このランプも覚えているはずだ。

同じように、部屋のあちこちに金魚鉢が置いてあった。その一つはデスクの端にもあり、鉢の中に金魚と泡と珊瑚《さんご》と石、水草が見えた。書類のチェックを始めて十分後に初めて目を上げ、金魚が動かないのに気づいた。何一つ動かない。すべてがガラス製だからだ。

ああ、なんてこと。ティナはデスクに肘をつき、片手に頭をのせた。まさか母の蓄えが尽きた理由はこれじゃないわよね？

「疲れたでしょう、ヴァレンティナ？」リリーが部屋に入ってきた。雑然とした室内に置かれたガラスの置物を次から次へと手に取っては、ありもしない埃《ほこり》を払っている。「カルメラにコーヒーのお代わりを持ってこさせましょうか？」

ティナはかぶりを振って椅子にもたれた。コーヒーをいくら飲もうと、この問題は解決できない。今感じるのは疲労ではない。まさしく失望だ。

「銀行の収支報告書のこの金額はいったいなんなの、リリー？　毎月引かれているように見えるんだけれど……請求明細がないのよ」

リリーが肩をすくめる。「単なる生活費よ。あれやこれやといった。わかるでしょう」

「わからないわ。何を買ったか教えて」

「家のためのものよ！　私にはこの家のためのものを買うのも許されていないの？」

「そのせいで破産しないなら許されるわよ。お金はどこに消えているの、リリー？　どうして記録が残っていないの？」

「あら」リリーが両手を振った。ティナの問いかけなど、いやがらせでしかないと言わんばかりだ。

「細かいことは気にしないで。ルカがすべて記録しているから。彼のいとこが工房を経営しているの」

「工房って？　ガラス工房なの、リリー？　ルカ・

バルバリーゴから借りたら、すぐさまそこにつぎ込んでいるのね？　全部ガラスに使ったの？」

「そんなんじゃないわ！」

「違うの？」

「違うわよ！　だって彼は二割引きで売ってくれるのよ。全額支払ったものは一つもないの。ずいぶん得をしたんだから」

ティナは呆然《ぼうぜん》と母親を見つめた。美しくも愚かな母親を。「ルカ・バルバリーゴからお金を借りるたびに、彼のいとこの工房で買い物をしているのね」

母親が肩をすくめた。ティナはその肩をつかんで揺すりたくなった。「彼は水上タクシーをよこすのよ。だから私の出費はゼロというわけ」

「違うでしょう、リリー」ティナは椅子をうしろに押しやって立ちあがった。もはや答えを探そうとしても意味はない。しかも、答えは一つではないのだ。

「何もかもあなたが払っているのよ！　どうしてそうも自分勝手になれるのか、本当に信じられないわ。カルメラは薄給で働いてくれている。あなたはそれすら払わないときがある。彼女を雇うのがやっとなのに、この崩れかけたパラッツォを役にも立たないガラスの置物で埋め尽くしている。その重みでここが沈まないのが不思議なくらいよ！」

「カルメラは住む家が手に入るじゃないの」

「そしてあなたはますます借金漬けになるんでしょう！　カルメラがどうなると思うの？　ルカ・バルバリーゴにここをたたき出されたら？　そのとき彼女の面倒は誰が見るの？」

リリーが目をしばたたき、唇をきつく引き結んだ。一瞬、ティナの目には彼女がもろく見えた。

「あなたがそうはさせない。でしょう？」リリーが静かに言った。「彼と話してくれるわね？」

「それが役に立つというなら、ええ、彼と話をするわ。でも、何か変わるとはとても思えない。彼はあなたを借金でがんじがらめにしているのよ。今さらどうして手綱をゆるめなきゃいけないの？」

「彼はエドゥアルドの甥《おい》だもの」

「だったらどうなの？」

「それにエドゥアルドは私を愛していた」

それを言うなら、〝甘やかしていた〟だわ。ティナは、妻に財産は無尽蔵だと思わせた男の愚かなプライドをいまいましく思った。生前は妻の出費をたしなめることもせず、自分の死後財産がどうなるか、気にもとめなかったのだ。

「それに」リリーが続ける。「あなたならルカを説得できるわ。彼も耳を傾けるわよ」

「どうかしら」

「でも、あなたたちは友達だし――」

「私たちが友達だったことはないわ！　それに彼にどう言われたかを知ったら、あなただって友達だったことはないとわかるでしょうね。たとえ彼が大金を進んで貸してくれたとしても」

「彼はなんと言っていたの？　教えて！」

ティナはかぶりを振った。言いすぎたようだ。ルカの頬をひっぱたく前に、彼が言ったひどい言葉など思い出したくもない。彼女は椅子の背もたれからジャケットを取りあげた。「ごめんなさい、リリー。少し新鮮な空気を吸いたいわ」

「ヴァレンティナ！」

ティナはガラスの博物館を飛び出した。行き先も考えず、大理石の階段を駆けおり、五百年前の井戸を通り過ぎた。ただひたすら逃げ出したかった。

木を模したランプやガラスの中で動かない金魚、その重みで建物が沈んでしまいそうな大きなシャンデリアから逃れなければならなかった。

契約書の条項も無視できる無知で無能な母親から、自分自身の恐怖から逃れたかった。問題を解決して、三日後には帰国するつもりだった。だが、母親は首まで借金につかっている。高価だが役立たずのガラス製品の重みで古いパラッツォそのものが崩れ落ち、運河に沈んでしまいそうなように。

それなのに、できることは一つもない。この旅は時間と金の無駄だった。無意味だったのだ。

ティナは門を出ると左に曲がり、運河に通じる細い道を進んだ。ヴァポレットがどこかに連れていってくれるだろう。どこでもいい——母親のいないところなら。次の曲がり角で、ふたたび左に曲がった。急いでいたので、向こうから来る人に気づかなかった。思いにふけるあまり、反対側を歩くべきだとは考えもしなかった。そして大きな手に両肩をつかまれたときには、遅すぎた。ティナは彼の胸に衝突し、肺から空気が押し出された。その空気はすでにティナの頭に間違えようのない情報を送っていた。

ルカ。

4

ルカの瞳は濃いサングラスに隠されていた。それでも、ティナはレンズの向こうで何かが光り、口角が上がったのをとらえた。これも気に入らなかったし、肌を焦がす彼の長い指も気に入らなかった。

「ヴァレンティナ?」ルカが言った。神々から授かったその声が、ベルベットが撫《な》でるように彼女の五感に襲いかかった。「君なのか?」

ティナは鋼のようなルカの手から逃れようとした。これでは距離が近すぎて、空気まで彼そのものに感じられる。かすかに香水の香りの混じる男性百パーセントのにおいがティナを誘惑し、忘れたい記憶の箱を開けた。ルカの胸の先端をそっと噛《か》み、彼のにおいを吸い込んだこと、喉に感じるざらざらする彼の顎、そして口の中で彼の名を味わいながら、体を貫かれる感覚――すべてがよみがえった。

ティナはルカのベルベットのような声と刺激的な香りをいまいましく思った。ささいなことまで覚えている自分の記憶力も不愉快だった。それにルカが相変わらずハンサムで、二十キロ太ったり、髪が薄くなったりしていないのも腹立たしい。

この世に正義が存在しないのも癪《しゃく》に障る。

記憶にあるとおり、ルカは美しかった。彼は引きしまった筋肉を覆う白いシャツの上に、麻のジャケットを着ていた。下はキャメルの麻のズボンで、腰の低い位置に太い革ベルトを締めている。

どこから見ても洗練されたイタリア男性だ。運河をめぐる流線型の水上タクシーのように優美でぴかぴかに輝いている。彼はヴェネチアの有力な貴族なのだ。突然、ティナは二人の違いを意識した。彼女のほうはシャワーを浴びたあと、メイクもしていない。色あせたジーンズに、チェーン店で買った明るいグリーンのカットソーという服装は、農場や地元の町では完璧でも、今こうしてルカの前に立つと、くたびれて安っぽく感じられる。

「いや、もちろん君に決まっている。申し訳ない、服を着ていたので、すぐに君とはわからなかった」

ベルベットの声は紙やすりとなり、ティナの神経を逆撫でした。

「ルカ」勝ち誇った彼の鼻を折りたくて、氷のように冷ややかな声を出した。「あなたにまた会えてうれしいと言いたいところだけれど、今はただ手を離してほしいわ」

ルカの笑みが大きくなった。だが、その手はいくらか名残惜しげにとどまったあと、ティナの肩から離れた。そのときに親指が彼女の肌をすべり、歓迎されざる震えを引き起こした。「そんなに急いでどこに行くんだ？　着いたばかりなんだろう」

驚いて、どうして知っているのと尋ねても、きっと意味はないはずだ。ティナが着いたとき、リリーは電話中だった。ティナの父親だけでなく、ルカ・バルバリーゴとも話したに違いない。新しいガラスの置物をどっさり買うために、新たに借金の段取りをつけたのではないかしら？「私がどこに行こうと、あなたに関係ないでしょう？」

「せっかくこうして挨拶に来たのに、君がいないのでは何もならない」

「どうして？　私の目の前で、母のお粗末な資産管理能力を嘲笑《あざわら》うため？　そんな必要はないのよ。私はずっと前から知っているから。時間を無駄にさせて申し訳ないけれど、飛行機の席が取れしだい、オーストラリアに戻るわ。そういうわけで、よければこれで……」ティナはルカの脇をすり抜けようとしたが、うまくいかなかった。人の多い細い道で、彼はあまりに背が高く、肩幅も広い。でも、次の観光客の集団が通り過ぎてくれたら……。

ルカが右に動き、行く手をさえぎった。「着いたと思ったら、もうヴェネチアを発《た》つのか？」

ティナの脈が速まった。肌を焦がし、神経を高ぶらせるのはルカの存在ではなく、母親に対する怒りのせいだと考えようと努めた。「長居してなんの意味があるの？　あなたは私の母ほどばかじゃないでしょう、シニョール・バルバリーゴ。母を破産から救い出したくても、私にはどうしようもないわ。何しろあなたが上手に母をだましているんですもの」

「ずいぶん喧嘩腰《けんかごし》なんだな、ヴァレンティナ？　道理をわきまえた大人として話し合えるはずだが」

「そのためには、あなたが道理をわきまえた人じゃないとね、シニョール・バルバリーゴ。私の過去の経験と母の経済状況を考えると、あなたの体にはひとかけらの道理もないんじゃないかしら」

ルカが大笑いした。その声は煉瓦《れんが》の塀にはね返り、暮れなずむ空へと響き渡って、ティナの神経をすり減らした。「たぶん君の言うとおりなんだろう、ヴァレンティナ。だが、君のお母さんは、君なら破産から救い出してくれると信じているんだよ」

「だったら、彼女は私が思っていた以上に愚かなのね。あなたは猶予を与える気なんてないんでしょう？　母を屋敷《パラッツォ》から追い出すまで満足しないんだわ」ティナのうわずった声に、通り過ぎる観光客が二人のほうを振り返った。

「頼むよ、ヴァレンティナ」恋人同士のいさかいでしかないように、ルカが塀際にティナを押しやり、身を寄せた。「観光客が大勢いる公の場所で、お母さんの経済状況について言い争う気か？　僕たちヴェネチア人は彼らにどう思われる？　人前で大騒ぎするような品のない人間か？」

またしてもルカは接近しすぎている。顔にかかる彼の息を感じるほどだった。彼のにおいを――がっしりした胸から発せられる熱を無視するのは難しい。ティナはわかりきったことしか言えなかった。

「私はヴェネチア人じゃないんだけど」

「たしかにそうだ。君はオーストラリア人で、言いたいことを率直に言う。僕は君のそこがすばらしいと思っている。だが今は、人のいない場所で話をするべきじゃないかな」ルカはティナが来た方向を指し示した。「頼むよ。君のお母さんの家に戻って話し合おう。君さえよければ、僕の家に行ってもいい。知ってのとおり、目と鼻の先だ」

ルカの縄張りで彼に立ち向かうの？　絶対にだめ。母親の家から逃げ出したかったのは事実だけれど、まだそちらのほうがいい。それに、これから飛び交うはずの言葉は、リリーにも聞かせたほうがいいだろう。「だったら、パラッツォに戻るわ。帰国する前に、あなたに言いたいことがあるの」

「待ちきれないよ」ティナが方向転換し、もと来た方向に向かったとき、ルカのつぶやきが聞こえた。あの顔から勝ち誇った表情を引きはがしてやりたい。リリーの状況は絶望的で、私がここに来たのは無駄だったと知っているから？　彼は私を嘲笑っているのだろうか――何もかも無意味だから？

来た道を引き返しながら、ティナはもう少しでうなり声をあげそうになった。ルカがすぐうしろにいて、彼の視線が背中を焦がしている。振り返ってにらみつけたい衝動に駆られたが、そんなことをしたら、熱い視線を感じていると知られてしまう。そうなれば、彼はますます勝ち誇るだろう。そこでティナは前を見据え、何も気にしていないふうを装った。

パラッツォの玄関でカルメラが出迎え、不安そうにほほえみながら二人を交互に見た。ルカが母国語で彼女に挨拶し、愛想よくほほえんだ。自分の将来がこの男性にかかっていると知っているにもかかわらず、カルメラは顔を赤らめた。このときティナはなおさらルカが嫌いになった。笑みで女性をとろかすその能力が気に入らなかった。

「お母さまはベッドでおやすみですよ」カルメラが弁解した。「頭痛がするとかで」

ルカがティナに向かって片眉を吊《つ》りあげた。ティナは彼を無視していた。カルメラはコーヒーを用意すると言い、二人を上階の広い応接間に通した。天井の高い淡い色の壁の部屋で、風通しがよく、明るいはずだが、数えきれないほどキャビネットとテーブルが置かれ、ガラスの置物にクリスタルのゴブレット、あらゆる形のランプが飾ってあった。今はそのガラスが、大きな窓から差し込む夕暮れの太陽の光を受けて、ルビーのように赤く輝いている。

きらめくガラスの幻想的な世界は、たしかに美しい。だが、費やした金額を忘れられたらの話だ。

「痩せたな、ヴァレンティナ」ティナの背後からルルカの声が聞こえた。「働きすぎだろう」

　彼はずっと私の体を観察していた。そうと知って、ティナはむっとした。三年前と比較して、見劣りすると彼は考えていたのだ。ほかの女性と比べても、見劣りすると思っているに違いない。まったくもう、ルカが付き合うほかの女性のことなんて考えたくもないのに！　ティナはくるりと振り向いた。「人は変わるのよ、ルカ。私たちは同じだけ年を取った。少しは賢くなったでしょう。私はそのつもりよ」

　ルカはほほえんだ。サイドテーブルから赤く輝くペーパーウエイトを取りあげ、大きなてのひらの上にのせる。「変わらないとわかっているものもある。君は今も変わらず美しいよ、ヴァレンティナ」彼は雑然とした部屋をゆっくりと歩きまわっていた。立ちどまってはクリスタルの動物や金縁の皿を眺め、指先で触れる。そしてやがてティナに視線を戻した。「僕が覚えているよりも、いくらかとげとげしいかな。少し辛辣になったかもしれない。だが、思い出したよ。君はいつもとても……情熱的だった」

　まるでティナの思い出をベルベットの手袋で愛撫《あいぶ》するように、ルカはその言葉をゆっくりと言った。ティナはごくりと唾をのみ、押し寄せる過去と下腹部の熱さにあらがった。「そんな話は聞きたくないわ」そのあいだもルカは部屋をめぐり、ランタンを掲げるガラスの少年の頭に手を触れた。「私はあなたが何をしているか知っているのよ」

　ルカが首をかしげた。「それで、正確に言うと、僕は何をしているんだ？」

「リリーの請求書に目を通したの。あなたは繰り返しお金を用立てているでしょう。それも際限なく。彼女は借りたら、その足でこれを買いに……」ティナは手で部屋全体を指し示した。「ムラーノにあるあなたのいとこのガラス工房に行っている」

　ルカは肩をすくめた。「僕に何が言える？　僕は銀行家だ。危険を承知で金を貸すのが仕事だ。だが、相手が貸した金の使い道についてどう考えようと、僕の関知するところではない」

「あなたはリリーには借金を返済するだけの収入がないとわかっている。それなのに、繰り返し貸しているのよ」

ルカはにっこりして人差し指を持ちあげた。「ああ、そのことか。銀行家は金を貸す際に、収入を考慮する。君は一つ忘れているな。君のお母さんは業界用語で言うところの例外的資産を所有している」

ティナはふふんと笑った。「つまり、あなたはリリーの価値に気づいたのね」その言葉を引っ込めようとしたときには遅かった。

ルカが問いかけるように片眉を吊りあげる。「僕はパラッツォのことを言ったんだが」

「私もよ」ティナはたたみかけるように言った。「あなたが何を考えたのかはわからないけど」

ルカは短く笑い、炉棚のそばを歩きながら、上にある溝模様のあるガラスのボウルの縁を指でなぞった。なんて長い指で、なんて軽く触れるのだろう。ティナは見ずにいることはできなかった。眠れない夜、つらい孤独を感じるとき、暗闇の中でしばしばあの手を思い出したものだった。

「君のお母さんはとても美しい女性だ、ヴァレンティナ。そこに僕が気づいたので、腹が立つのか？」

ティナは目をしばたたき、会話の主導権を取り戻そうとした。彼が近づいてきたときには、頭を高く上げた。「どうして腹が立つの？」

「わからない。僕がリリーと寝たのか心配しているなら別だが。あるいは今も彼女と寝ているのか、と」ルカはティナの目の前で足をとめると、ほほえんだ。「もしそうなら腹立たしいか、美しい人《カーラ》？」

「知りたくもない！　どうでもいいことだわ。あなたが誰と寝ようと、私には関係ないもの」

「もちろんそうだ。それに言うまでもなく、彼女は美しい女性だ」

「さっきもそう言ったじゃないの」その言葉はティナの食いしばった歯のあいだからしぼり出された。

「だが、まったく――まったく――その娘の美しさにはかなわない」

ルカがあの指でティナの額に触れ、乱れた髪を撫でつけた。彼女はあえぎ、身を震わせた。やめさせるべきだ、うしろに下がるべきだと考えた。

だが手を引っ込め、うしろに下がったのはルカのほうだった。ティナは少し驚いて目をしばたたいた。彼に勝ちを譲ったような気分になった。優位な立場を取り戻さなければならない。

「あなたは母に、私たちは友達だと言ったそうね」

ルカは肩をすくめると、赤いベルベットの肘掛け椅子に腰を下ろした。長い脚を物憂げに伸ばし、両肘を肘掛けにつく。「そうじゃないと?」

「友達だったことは一度もなかったわ」

「どうした、ヴァレンティナ」ベルベットの手袋で撫でるような呼び方だ。「僕たちが何をわかち合ったかを考えれば……」

「私たちがわかち合ったものなんかないわ! 一夜を過ごしただけよ。あれ以来ずっと私は悔やんでいる」それもルカの言葉と別れ方だけではない。

「そんなに不愉快だった記憶はないんだが」

「きっとほかの夜を思い出しているんでしょう。ほかの女性との夜をね。多すぎるから混乱しているんだわ。でも、私は混乱しない。あなたは私の友達じゃない。私にとってなんの意味もない。以前もそうだし、今後もそうよ」

ここまで言えば、彼は出ていくかもしれない。ティナはそう思った。だがルカは長い脚を引っ込めて椅子の上で体をまっすぐ起こしたものの、立ちあがらなかった。その目は笑みのかけらも消えうせ、一点を見つめていた。その目の光と、その姿勢のせいで、彼はまるで肉食動物のように見えた。ティナが背を向けて走り出したらルカは一瞬のうちに椅子から立ちあがり、飛びかかってくるだろう——この散らかったショールームには、走れるスペースもないけれど。おびえたガゼルのようにティナの胸の中で心臓がびくんと飛びあがった。

「君のお母さんが初めて金を借りに来たとき」ルカがひと言ひと言を強調するように言った。「僕は断ったんだ。彼女に金を貸す気はまったくなかった」

ティナは何も言わなかった。どうして気が変わったのか尋ねても意味はないと感じた。その答えがなんであれ、知りたくないと本能的に察知した。

「コーヒーがどうなっているか見てくるわ……」ティナは階段のほうに向かいかけた。

「だめだ」ルカがなめらかな動きで立ちあがり、出口をふさいだ。彼のような大男がどうしてこんなに効率的で優雅に動けるのか不思議だった。「コーヒーはあとでいい。君にこの話を聞かせるのが先だ」

ティナは目を上げ、彼を——美しくもあり、残酷でもある顔の造作を見た。まれに小さなえくぼが現れる頬を、顎の浅いくぼみを見つめながら、どうして彼のあらゆる部分をこんなに鮮やかに、詳細に覚えているのだろうと考えた。

そのとき、ルカもまた彼女を熱心に、念入りに見つめていると気づいた。ティナは目をそらした。

「君のお母さんにあれほど金を貸す必要はなかった」ルカが先を続ける。「だが、暖炉の火が燃える暖かい部屋で過ごしたある長い夜を思い出した。床にはシープスキンのラグが敷いてあり、広いベッドは羽毛のキルトに覆われていた。そして琥珀《こはく》色の瞳と金色に輝く髪、クリームのような肌の女性を思い出した。かっとなって、あっという間に出ていった女性をね」

ティナはルカをにらみつけた。「私に仕返しをするために母にお金を貸したというの？　私があなたをひっぱたいたから？　あなたって、本当にどうかしているわ！」

「そのとおり。君のお母さんに金を貸したのは、このパラッツォが――エドゥアルドの家が、見捨てられ運河に崩れ落ちる前に取り戻す機会だと思ったからだ。エドゥアルドの妻にいっさいかかわりたくないとしても、僕は彼に恩がある。だが、それが唯一の理由ではない。僕は君に二度目のチャンスをあげたいと考えた」

「もう一度あなたをひっぱたく機会を？　それにはずいぶんそそられるけど」

そう聞いてルカが大笑いした。「銀行家の暮らしは退屈に違いないと言われる。はてしない会合と、企業融資や利子についてのうんざりする会話ばかりの毎日だと。だが、そんなものばかりとは限らない。ときには大きく報われることがある」

「夢物語を作りあげるとか？　あなたが何をして楽しく過ごそうと、私にはどうでもいいの。実際、知りたくもないし。ただ、私をその中に含めないで」

「だったら、君は僕が思っていた以上に自分勝手だということだ」ルカの声が真剣みを帯びる。「君のお母さんは深刻な財政状況にある。彼女はパラッツォを失うかもしれない。いや、失うだろう。君は母親がホームレスになってもかまわないのか？」

「それは私のせいじゃなくて、あなたのせいでしょう。彼女を追い出すと脅したのは私じゃないわ」

「それでも、君は彼女を救い出せる」

「どうやって？　たとえ助けたいと思ったとしても、そんなお金は持っていないわ」

「君の金が欲しいなんて誰が言った？」

その口ぶりはぞっとするほど冷ややかで、僕が何を考えているか君にもわかっているはずだと言いたげだった。まさか彼は本気なの？

「私には銀行家の興味を引くものも、借金を帳消しにできるようなものもないわ」

「君は自分を過小評価しているな、カーラ。君はこの銀行家に借金を帳消しにさせるかもしれないものを持っているだろう」

ティナはかぶりを振った。「そんなものはないわ」

「僕の話をよく聞くんだ、ヴァレンティナ。君がどう思っているかはともかく、僕は獣ではないし、君のお母さんをここからほうり出して、屈辱を与えたいわけでもない。実を言うと、大運河を見おろせるところにアパートメントを用意したから、彼女にはそっちに移ってもらいたいんだ。君のお母さんは重荷から解放され、毎月手当を受け取ることになる。それを邪魔するのが君なんだ」ルカがにっこりした。あれは見せかけだけの鰐《わに》の笑みだ。

疑問と興奮の両方を感じて、ティナの肌はちくちくした。ルカは男性美そのものだ。ずっと前からそうだった。だが、ティナは彼という人を、彼に何ができるかを知っている。ティナの防衛本能は厳戒体制を敷いていた。「それで、これから母のハッピーエンドを手に入れるために、私がしなければならないことを教えてくれる？」

「君が楽しめないことじゃないよ。簡単だ、僕とベッドをともにするだけだ」

ティナは目を見開いた。すぐにも夢から覚めるはずだ。時差ぼけのせいで、立ったまま眠り込み、夢を見ているのだ。いや、夢ではなく、悪夢だ。「そんなに簡単なの？　あなたは母を借金から解放し、アパートメントに住まわせたあげく、手当まで出してくれる。私がしなければならないのは、あなたと寝ることだけ？」

「だから簡単だと言っただろう」

ルカは私に何を求めているのかわかっていない

の？　娼婦《しょうふ》か何かのように、身売りしろと言っているのだ。それも、すべて母親を救うために？

「来てくれてありがとう、シニョール・バルバリーゴ。カルメラがいなくても、出口はわかるわよね」

「ヴァレンティナ、君は自分が何を断ったかわかっているのか？」

「あなたの言い方からすると、どこかのパラダイスみたいね。でも、私は売りに出されていないの。パラダイスを探しているわけでもないし。とにかく、あなたのベッドでそれが見つかるとは思えないわ」

「それで、君のお母さんは？　彼女に何が起きてもいいというのか？」

「私の母は子供じゃないのよ、ミスター・バルバリーゴ。みずから災難を招いたんだから、自分でなんとかするべきよ」

「その結果、パラッツォを失い、ホームレスになったらどうする？」

「だったら、それでいいわ。ほかに住む場所を見つけなければならないというだけでしょう。蓄えを使い果たしたほかの人たちと同じように」

「君には驚かされるね。実の娘だというのに、母親を助けるために何もしないとは」

「あなたは自分の手札が強いと過信していたのね、ルカ。私はあなたの卑劣なゲームに参加するつもりはないから。私たちのあいだにあったことは終わったのよ」

するとルカがうなずいた。ティナは大きな安堵《あんど》が押し寄せるのを感じた。たしかに、これで母親を運命にゆだねたことになる。だが、こういう結果になるのは最初から予想していた。

「だったら、しかたない。これで失礼しよう。君のお父さんに電話して、悪い知らせを伝えないと」

「私の父に？」冷たい恐怖の縄がティナの胸を締めつけた。私がここに着いたとき、リリーは父と電話していた。奇妙に感じたけれど、どういう事情か聞けずじまいだった。「どうしてあなたが父に電話するの？　ミッチは関係ないでしょう」

「気になるのか？　君はこの件にはかかわりたくないと思っていたが」

「父のことであれば、当然気になるわよ。どうしてあなたが父に電話する必要があるの？」

「リリーが今日、彼と話したからだ」

「それは知っているわ」ティナはいらいらした。「だから？」

「彼は君がわざわざここに来て、無駄足になるのは望んでいない。リリーの話では、お父さんは君のためならどんなことでもするそうだ。君が助ける手立てを見つけられなかったら、担保として農場を差し出すと申し出てくれた」

5

「父を引っ張り込んだなんて信じられない！」ティナはかんかんになって母親の部屋に飛び込んだ。眠りを妨げる心配はなかった。たった今、リリーはカルメラにブランデーを持ってくるよう命じたのだから。「いったい何を考えていたの？」

先ほどルカは勝ち誇った表情で立ち去った。頭痛がするのはリリーだけではない。ティナのこめかみは脈打ち、戦闘指令を送っている。

「どうしたっていうの？　その叫び声は何？」

ティナは暗い部屋のカーテンを引き開け、わずかな外の光を入れた。ほとんど明るくならず、電気のスイッチを入れると、母親の枕元だけでなく、天井の葡萄《ぶどう》の蔓《つる》が点灯した。薄い葉のあいだに、さまざまな色の葡萄の実がたくさん吊《つ》りさがっている。あまりのまぶしさに、ティナはしばし声を失った。

「この代物はなんなの？」ようやく話せるようになると、母親に問いかける。

「気に入らない？」リリーは体を起こして明かりを見あげ、驚いたように言った。

「ぞっとするわ。このガラスの霊廟《れいびょう》にあるものはすべて」

「ヴァレンティナ、その言い方は失礼でしょう。あなたを喜ばせるために買ったんじゃないのよ」

「たしかにそうね。でも今は、パパと何を話し合ったかを知りたいの。ルカからパパが農場を担保にしたと聞いたわ。あなたのために。私に打つ手がなかった場合に、あなたを救い出すためよ」

「ルカに会ったの？」リリーはあわててベッドから下りると、ほっそりした体にローズピンクのシルクのローブをまとった。「いつ？　ここにいるの？」

「もう帰ったわ。いかがわしい取り引きを持ちかけたあとでね。あなたもかかわっているの、いとしいお母さま？　借金を帳消しにするために、娘を差し出そうと考えたのはあなたなの？」

リリーは目をぱちくりさせてティナを見た。「彼がそんなことを言ったの？」母親があまりにも呆然《ぼうぜん》としているので、ティナにも彼女が無関係だとわかった。「それでいくつか疑問が解けたわ。とにかく、あなたはラッキーじゃないの。てっきり彼はセックスに興味がないと思ったんだけど」

「お願い、彼に誘いをかけたなんて言わないで」

リリーは椅子に座り、布とガラスのいるかを取りあげると、ぼんやりとその頭をふきながら肩をすくめた。「五十を越すと、喜びがなくなるのよ、ヴァレンティナ。私の言葉を覚えておきなさい。誰からも求められないの。誰にも見えなくなるのよ。男性に関する限り、透明人間も同然ね」

「愛人になれと言われて、気分がいいわけないでしょう、リリー！」

「あら、いいはずよ。彼はとってもハンサムだもの」リリーは手をとめ、思いめぐらすように宙を見つめた。「ねえ、考えてもみて。もしあなたがうまくやれば、彼は結婚する気になるかも……」

「彼にはお断りだと言ったわ」

母親がティナを見つめた。「あらまあ」

「彼はそのときにパパのことを持ち出したのよ。農場を差し出すという話を。パパに電話したのはそれが理由なの、リリー？　私があなたを救えなかった場合に備えて、次策を考えた？　二十五年も前に、赤ん坊と一緒に捨てた男性にお願いしたの？　心の底から憎まれて当然の相手なのに？」

「でも、彼は私を憎んでいないわ。ミッチェルは私を心から愛してくれたたった一人の男性だと思う」

「それを台無しにしたのはあなたでしょう」

「あなたがどうして断ったのかよくわからないんだけど。ルカ・バルバリーゴと寝るためなら、みんななんだってするでしょうに」

ティナは母親をびっくりさせたくなった。これまではいつも驚かされる側だったのだ。「そこなのよ。私は彼と寝たことがあるの」

「ずいぶん陰険な子ね」続いてリリーは親子で泳いるかを取りあげた。「ずっと黙っていたなんて。だったら、今さら大騒ぎしなくてもいいでしょう」

「ひどい終わり方だったの」

「彼が永遠の愛を誓ってくれなかったから？　ああ、いやだわ、ヴァレンティナ。あなたって、ときどきとってもうぶになるのね」

母親の言葉は、ティナの心の深い場所をえぐった。二度と傷つかないと誓った場所だ。だから、つい言い返してしまったのかもしれない。今ここで自分一人だけが傷つくのはいやだった。「彼は私が母親と同じだと言ったのよ。仰向けになってすることにかけては、最高の力を発揮すると！」

リリーが膝の上のいるかを忘れ、しばし手をとめた。それから声をあげて笑った。うれしそうに。

「彼がそんなことを？ それは褒め言葉だと思わなかったの？」彼女はショックを受けた娘の顔をちらりと見た。「そうは思わなかったみたいね」肩をすくめると、ガラスの置物をふく作業にまた戻った。光にかざして確認してから、別の置物に移る。母親が磨けば磨くほど、ティナの神経はぴりぴりした。

「悪いけど、やめてくれない？」

「やめるって何を？」

「そのむかつく置物をふくことよ」

「ヴァレンティナ」母親はむっとして、手を休めずに言った。「これはムラーノグラスなのよ。より美しく見せないといけないものなの」

「私は妊娠したのよ！」

リリーが目を上げ、今度はサイドテーブルに置物を戻した。やっとだわ、とティナは思った。ついに母親を驚かせたのだ。「妊娠したの？ ルカ・バルバリーゴの子を？」

ティナはうなずいた。ずっと抱えていた秘密を吐き出したとき、突然喉が締めつけられ、泣きたい衝動が込みあげた。これでようやく母も理解してくれるかもしれない。

だが、リリーはかぶりを振っただけだった。「だったらどうして彼に結婚を迫らなかったの？」

「なんですって？」

「彼がどれだけお金持ちか知らないの？ かつて代々ヴェネチアの総督《ドージェ》を務めてきた一族の出なのよ。ヴェネチアの貴族よ。それなのに、あなたは彼と結婚しなかったというの？」

「リリー、一夜限りの関係だったのよ。妊娠は予定外だった。とにかく、私は流産した。孫の運命について聞いてくれて、どうもありがとう！」

「でも、もしあなたがルカと結婚していたら」リリーが臆面もなく先を続けた。「今、私たちはこんな状況に陥っていなかったわ」

ティナの世界がぐるぐるまわり出した。「私の話を聞いていなかったの？　私は赤ちゃんを失ったのよ。二十週目だったわ。それがどんなものか、死ぬ定めの子を出産するのがどんなものかわかる？」

リリーは置物の埃《ほこり》を払うようにティナの言葉を一蹴した。「本当は子供なんて欲しくなかったんでしょう？　そもそも、そのときに結婚できたはずよ。きちんと私に話していれば、そうなっていたわ。私が一週間で結婚をまとめたのに」

「それで、私が結婚を望んでいなかったら？」

「そんなの関係ないわ。あなたは彼に名誉ある行動をとらせるべきだった」

過去にこれほど母親が嫌いだったことがあるだろうかとティナは思った。「あなたがミッチにそうさせたように？　ねえ、リリー、いったん指輪をはめたら、流産すればいいと思った？　子供は欲しくなかったんでしょう？」

「その言い方はないでしょう！」

「そうかしら？　生まれてきて悪かったわ。でも、ある意味、運がよかったわね。今のあなたの状況を考えると」ティナは背を向けた。「さようなら、リリー。ここにいるあいだ、もう顔を合わせることもないでしょう」

「どこへ行くの？」

ティナは肩越しにうしろを見た。「地獄よ。でも、あなたのせいだなんて思わなくていいから」

大運河を見おろす屋敷《パラッツォ》の水路側の出入り口で、ルカは水上タクシーから降りた。出迎えに下りてきたアルドが、ルカのために鉄の門を開く。「お客さまとご一緒のはずでは?」

「計画変更だ、アルド。今夜は一人で食事する。書斎に運んでくれ」

ルカはタイルの床を横切り、屋敷に入る大理石の階段を二段飛ばしでのぼった。計画変更といっても、一時的なものだ。ひと晩寝れば、ヴァレンティナにも選択肢がないとわかるだろう。じきに彼のもとにやってきて、母親が原因の悪夢から家族を救ってほしいと平身低頭して頼むに違いない。

ルカは書斎に入ったが、コンピューターと仕事が待っている大きなデスクではなく、窓辺に向かった。そしてガラスのドアを開けてバルコニーに出ると、夜の運河を眺めた。無数のカメラのフラッシュがきらめく水上バス《ヴァポレット》や、トラックの代わりに重労働をこなす平底船が見える。ヴェネチアが織りなすはてしない日常の暮らしは飽きることがない。運河の水が杭《くい》に打ち寄せる音や、巧みにゴンドラの舵《かじ》をとるゴンドリエのテノールの歌声が聞こえる。だが、考えてみれば、彼の一族は何世紀ものあいだ、ここで暮らしてきたのだ。自分の体に流れるのが血ではなく、運河の水のような気がするのも当然だろう。

その運河が彼に語りかけている——辛抱強く待て。思っている以上にゴールは近い。

ルカは運河を越えて窓に差し込む金色の光の中で、ヴァレンティナの瞳の色を見た。琥珀《こはく》色の瞳と髪が金色の輝きを帯びていた。痩せたかもしれない。一日かけて旅して、目の下にくまがあったかもしれない。だが、離れていた年月は、彼女にいい影響を与えていた。彼女は記憶にあるよりずっと美しかった。

そしてルカは、彼女が欲しくてたまらなかった。だが、彼女はじきに頭を下げにやってくる。

そのときに彼女をものにすればいい。

カルメラが住所を教えてくれた。彼女はティナをぎゅっと抱きしめると、少し体を離し、おごそかに両頬にキスをした。「必要なものがあれば、いつでも戻ってきてくださいね。このカルメラがお助けしますから、べっぴんさん《ベラ》」

ティナは住所と略図が書かれた紙を握りしめ、カルメラに抱擁を返した。ルカは目と鼻の先だと言っていた。すでに日は暮れたし、建物の密集する陸地のあいだを、漆黒の運河が曲がりくねりながら流れている。おまけに睡眠不足で死にそうな状態だ。けれどもティナは激しい怒りに駆られていた。百パーセントの怒りが血管を流れている。それにあと一瞬ですら、母親の家にとどまりたくなかった。

まずヴァポレットに乗るときにミスをした。早く出ていきたいがために路線を間違え、次の停留所で降りてから、引き返して別のヴァポレットに乗らなければならなかった。そして通りの名が記された塀の標識に気づくまで、暗い道で三度も迷った。

だが、おかげで考える時間ができた。なぜこれから獅子《しし》の寝床にみずから飛び込むのか。二度と行かないと誓った場所なのに。

これは母のためではない。自分のためでもない。ああ、絶対に違うわ。あんなことを言われ、ルカが嫌いになったのだから。そして嫌っているにもかかわらず、彼が望ましくない影響をこの体に及ぼすのも気に入らなかった。

そう、これは父のためだ。どういうわけか、父はリリーを救えれば、娘の気が晴れると考えたようだ。いったいリリーはこの厄介な状況をどう伝えたのかしら？　農場はわずかな元手でやりくりしている状態で、すでに銀行から融資を受けている。さらに借り入れることになれば、父の夢はついえるだろう。父をそんな目に遭わせられない。私が許さない。

また曲がるところを間違えた。ティナはふたたび引き返しながら、ひそかに悪態をついた。道に不慣れなことが――あらゆるいらだちが、怒りに拍車をかけた。目的地にたどり着き、鍵のかかった門の前に立ったときには、素手で突破したい気分だった。だが、呼び鈴を押して、いらだたしげに待った。

ティナがルカ・バルバリーゴに会いたいと言うと、応答した相手はためらった。そこで彼女はさらに言った。「ティナ・ヘンダーソンが来たと……私はヴァレンティナ・ヘンダーソンだと伝えて。彼は私に会ってくれるはず」

その後、門が音をたてて開き、無表情の使用人が玄関で出迎えた。彼はティナの服装を不満げに一瞥《いちべつ》した。安っぽいジップアップジャケットと色あせたジーンズでは、主人に会うにはあまりにみすぼらしいと言いたげだった。だが、ティナはわざわざこの服を選んだのだ。「シニョール・バルバリーゴは書斎でお会いになります」彼はそう言うと、彼女のバックパックを指した。「よろしければ、お荷物はお預かりしますが?」

「持っていくわ」ティナは肩のストラップに手を置いた。「あなたがかまわなければ」荷物を持って現れれば、私が本気なのだとルカにもわかるだろう。それにこれから主寝室をわかち合うつもりなら、いずれは荷物も上階に運ぶ必要がある。

使用人は渋い顔でうなずくと、上階に続く広い階段に案内した。すばらしいパラッツォだ。テラゾータイルの床、スタッコ塗りの壁、そして太い梁《はり》を渡した天井は非常に高く、開放感がある。

本当に? 階段を一階分上がっただけだったが、ティナは突然酸欠状態に陥った。まるで空気の薄い高地にのぼったかのようだった。もちろん空気のせいではない。獅子の仕掛けるゲームを受けて立つために、獅子の寝床にやってきたからだ。

この気持ちは、やがて訪れることへの恐ろしくも甘美な期待感だ。不安と、隙あらば逃げ出そうという思いは消え、強い意志がわきあがってきた。ルカは私が強制されて従うと――意のままに彼のベッドに倒れ込むと思っているのだろうか？　私は彼に媚《こ》びへつらいはしない。願いをかなえてもらおうと愛想笑いをするどこかのヴァージンとは違う。

階段の上は応接間になっていた。雑誌の特集記事になりそうなほど優美な部屋だ。ソファや濃い板材は男性的だが、全体的に明るく、すっきりしている。

母の家もこうあるべきなのに、とティナはふと思った。おそらく、かつてはそうだったのだ。エドゥアルドがリリーと結婚する前は――リリーが最後の一ユーロに至るまでムラーノのガラス製品につぎ込み、空きスペースを埋めつくす前は。

両開きのドアの向こうはまた別の応接間で、その奥に彫り模様を施したドアがあった。使用人はノックをしてからティナを通すと、ドアを閉めて去った。

彼を目にして、ティナの心臓が一瞬とまった。

獅子がそこにいる。

はてしなく広い部屋に巨大なデスクがあり、ルカはその向こうの椅子に座っていた。尊大で、くつろいだ姿勢でありながら、それでいて部屋を支配している。ティナは彼から目をそらして、デスクを観察した。たぶんアンティークだろう。だが、男性的で力強く、とても頑丈そうだ。これなら充分役に立つ。

「ヴァレンティナ」ルカは立ちあがらなかった。その声は抑えられ、暗いまなざしは返事を待っている。「これは驚いた」

「本当に？」ティナはドアの前で周囲を見まわした。「鍵は内側からかかるの？」

ルカは小さくうなずき、わずかに眉をひそめた。

「どうしてそんなことをきく？」

ティナは肩を揺すってバックパックを下ろすと、なんとか勇気を奮い起こし、無理にほほえんだ。

「邪魔が入ったら恥ずかしいもの」

「恥ずかしい？」ルカはどちらであろうと気にしていないようすだった。ティナは恐怖に駆られ、逃げ出せるうちに逃げ出したくなった。最後に愛を交わしたのはずいぶん前だ。ルカとの忘れられない夜から何年もたっている。本当にやり遂げられるかしら？　誘惑の手管など知らないし、経験も乏しい。

ところが、ルカが椅子の上でわずかに体を起こし、手足の位置を変えた。

ショーを始める前に、ティナは唇をなめた。ああ、なんとお粗末な演技力なのだろう。あまりにもわざとらしい。これでは簡単に見破られてしまう。それでも、指でジャケットのファスナーに触れ、しばらくもてあそんでから、じらすように下げていった。

ルカがじっと見つめているのはたしかだった。「ここは暑いわね。あなたも暑いと思わない？」

「窓を開けようか」ルカが警戒するように言った。

その目は彼女の指から離れない。彼はすぐに椅子から立ちあがって窓を開けに行こうとはしなかった。

「いいの」突然力がみなぎるのを感じ、ティナはファスナーを下まで下ろすと、ジャケットを脱いだ。背後の恋人からむき出しの肩にキスを受けたように、ため息をつく。「きっと私だけなのね」

「なぜここに来た？」その言葉はそっけないが、いつものベルベットの声は低く、もどかしげだ。

ティナはほほえんでサンダルを脱いだが、もたもたして片方が引っかかり、悪態をついた。ルカは足元を見ていなかったので、彼女は先に進んだ。「あなたは私にある役割を振ってくれたでしょう」

タンクトップの裾をジーンズから引っ張り出し、ルカの注意を引いているか確かめた。それから髪が乱れるのもかまわず脱ぎ捨てると、両腕で白いTシャツブラをはさむように左右の手をベルトにかけた。これはおそらく彼が見た中で、もっとも地味でつまらないブラだろうが、今はこれしかないし、悔やんでもしかたがない。だが、ルカの目のきらめきがティナに勇気を与えた。三年間誰の目にも触れられなかった体をさらすには、その勇気が必要だ。

ティナは革ベルトのバックルをはずし、ジーンズのボタンをはずした。「私、引き受けるわ」

ジーンズのファスナーを下ろし、腰をくねらせながらわずかに押しさげたところでためらい、体を前に曲げて胸の谷間を見せた。もはやルカはくつろいでいるようには見えない。

「そうだわ。考えていたことがあるの」

「なんだ？」ルカの声はかすれていた。

「条件よ」

今聞こえたのは、うめき声？　それとも、うなり声かしら？　ティナにとってはどちらでもよかった。

「言ってくれ」ルカが言った。

「どのくらいの期間、あなたの愛人を務めればいいの？　それについては聞いていなかったわ」

「考えていなかった。いくらでもいい」

「私はひと月と考えたんだけど」

「ひと月？」

「ひと月ならちょうどいいでしょう。私は愛人の相場がどのくらいか知らないけれど、高級顧客向けで新型、低燃費を想定すると――とにかく、これなら充分じゃないかしら。違う？」

「君がそう言うなら、そうなんだろう」

「ただし、私は実家に戻って仕事をしなければならない。当然あなたにも仕事があるでしょう。このことでおたがいの生活がぐちゃぐちゃになるのも望んでいない。そうよね？」

「そうだ」

ティナの手は腰のあたりでとどまっていた。彼女はルカを見た。彼はこちらを見つめている。その強い欲望を感じたことが、ティナの怒りに油をそそいだ。リリーの電話によって火をつけられた怒りは、今や積もり積もって爆発寸前だ。ティナは心得顔でにっこりした。あなたは最低の人でなしよ。何もかも自分の流儀で進めているつもりなんでしょう。

「今後、二度と私の父に接触しないわよね？　お金のことでも、ほかのことでも脅したりしない」

「二度としないよ」

「あなたのデスクって、大きくてとってもすてきね、ルカ」ティナはさらにほんの少しだけジーンズを下ろすと、くるりと背を向け、肩越しにルカを見た。「こんなに大きいのに、仕事でしか使わないなんてもったいないわ。そう思わない？」

「僕が思うに」ルカはぎこちなく立ちあがると、ローファーを蹴るように脱ぎ捨てながら、シャツのボタンをはずして、みごとな胸をあらわにした。「そのジーンズを脱ぐには手助けが必要だろう」

6

　自制心。これはルカが誇る資質の一つだ。彼には忍耐力がある。度胸がある。人生を、彼の世界を支配してきた。そういう状態が好きだった。そういう状態でなければならなかった。

　だが、オーストラリアから来た金髪と琥珀《こはく》色の瞳のみだらな女が彼の書斎で下着姿をさらしたとき、その自制心は風前の灯火《ともしび》だった。

　ルカに抱えあげられ、ヴァレンティナが笑った。自由奔放なその声はなかばヒステリックで、なかば酔っ払ったようだった。体をくるりとまわしてデスクに向かったとき、ルカもまた酔ったような気がした。書類や鉛筆や電話が四方に散らばるのもかまわず、デスクの表面を片腕で払った。そして彼女をその上に座らせると、ジーンズをはぎ取り、たぎる男性ホルモンに従ってブラをいっきに引きちぎった。

そこで手をとめた。一糸まとわぬ姿でデスクの上に座るヴァレンティナは、最高の眺めだ。左右の膝は開かれ、彼の両脇にある。ルカはこらえきれずにクリームのような肌に片手をすべらせた。膝から腿、腹部をたどり、完璧な胸を包み込む。

笑い声はやんでいた。呼吸は浅く、荒かった。ルカがベルトをはずし、ズボンを脱ぎ捨てるあいだ、彼女の目は大きく見開かれていた。彼がうずく場所をあらわにしたとき、その目は突然冷ややかになり、まるで……怒っているように見えた。

「あなたなんか大嫌い」ヴァレンティナが歯を食いしばり、その言葉を裏付けた。そのほうが好都合だ。即興のストリップで不意打ちを食らったとき、ルカは一瞬、何かを感じた。それがはらわたを締めつけ、彼を不快にさせた。だが、憎悪なら対処できる。憎悪であれば、彼女の服従は、僕を満足させる。

そしていずれ僕に捨てられ、彼女はより憎悪をつのらせる。

「すばらしい」ルカは音をたてて引き出しを開け、片手で中をさぐって、箱に入っていた包みを取り出した。歯で包みを引きちぎって記録的な速さで装着すると、彼女の腿をさらに押し広げて中心に触れる。なめらかで熱い。ああ、最高だ。

ルカは冷静さを取り戻すまで待ったあと、親指で彼女の敏感な場所を刺激した。琥珀色の瞳の憎悪に広がる欲求を見つめ、あえぎ声に焦燥感を聞き取った。ああ、そうだ。ヴァレンティナはもちろん僕を憎んでいるだろう。

「おたがいが理解に至ってとてもうれしいよ」ルカは妙《たえ》なる感触を堪能しながら彼女の中に突き進んだ。

ヴァレンティナが声をあげ、背を弓なりにそらした。髪は乱れ、閉じたまぶたが震えている。

　憎悪というのは過小評価されている、とルカは考えた。彼女の腰を押さえてゆっくりと身を引くと、彼を包む場所が逆らい、奥に引き込もうとするのを感じた。やがて開かれたヴァレンティナの目には、混乱と喪失、さらなる欲望が浮かんでいた。

　ルカはふたたび彼女に与えた。二度目はさらに深い場所に達した。ヴァレンティナがまた声をあげ、背をそらす。ルカは彼女をデスクから抱えあげると、両脚を自分に巻きつけさせた。

　彼女に手助けは必要なかった。ルカの両肩をつかみ、下半身をくねらせながら、みずから上下に動いている。速度は徐々に増していった。ヴァレンティナはルカの喉に顔をうずめ、歯を立てた。嚙《か》むごとに、恍惚《こうこつ》と苦痛が溶け合う頂点へと近づいていく。

　ルカの腕の中のヴァレンティナは山猫のごとく猛《たけ》りたち、抑えがきかなかった。彼女が体をたたきつけるようにして上下するあいだ、ルカは動かず、体勢を維持しつづけた。だが、ついに自制心も消えうせた。ヴァレンティナの中で炸裂《さくれつ》した花火が燃え広がり、ルカもまたはじけ散った。

　彼はあえぎながらも、汗ばむ体で同じ姿勢を保っていた。ヴァレンティナはぐったりし、彼の胸に顔を伏せている。ルカはそのまま隣の部屋に向かい、なんとかベッドの上掛けを引きはがして、彼女をそこに下ろした。彼女は目を閉じ、マットレスに顔を伏せてため息をついた。

　涙はない。非難はないということか？　ルカはどちらも覚悟していた。これは思いがけない喜びだ。だが、おそらく〝大嫌い〟と言ったあとで、言うべき言葉が見つからなかったのだろう。

　〝やっぱり大嫌い〟と言うのでなければ、だが。ルカはほほえみながらバスルームに向かった。すでに第二戦に臨むことを考えていた。先ほどは激しいだけで、あっという間に終わってしまった。二度目は、もっと時間をかけて、彼女の体をくまなくさぐるつもりだった。ペースはこちらが決める。

ルカは鏡をちらりと見て、ぎょっとした。首と肩にくっきりと歯形が残っている。その跡を指でなぞりながらほほえんだ。噛みつかれたのは覚えているが、これほどだとは思わなかった。そう、ヴァレンティナは雌の虎だ。野性的で荒々しく、今夜ここを訪れて驚かせたように、常に予想外の行動をとる。

だが、まったくの驚きではないと気づいた。ルカは偶然、彼女が守りたいと思う大切なものを引き当てたのだ。驚いたのは、あの性格の激しさだ。ヴァレンティナは母親を見捨てるつもりだった。路頭に迷わせるのもためらわなかった。ルカは母親と娘の関係をひどく誤解していた。だが、考えてみれば、彼が知っているのはリリーの側から見る親子関係であり、リリーの世界では彼女がすべての中心だ。

リリーに最初の夫に助けを求めてはどうかと尋ねたのが、功を奏した。あれは天才的なひらめきだった。ルカはヴァレンティナが唯一気にかける人物を――なんとしても救いたいと思う人物を見つけたのだ。我が身を犠牲にしてルカとベッドをともにするのも辞さないほどに。

ルカがバスルームから戻ると、ヴァレンティナは彼のベッドで子猫のようにまるくなっていた。息づかいは規則的で深く、ぐっすり眠っている。

第二戦はお預けだ。ルカは思いをめぐらせながら、隣に横たわった。ヴァレンティナが身じろぎをし、何やらつぶやいた。ルカは抱き寄せるつもりなどなかった。だが、彼女は身を寄せてくると、ため息とともに夢の世界に戻っていった。

これはルカが期待していたことではない。誰かを抱いて眠るのは彼の流儀ではなかった。まだ飽きていない相手であれば、なおさらだ。彼は高まる部分を意志の力で静め、リラックスしようと努めた。彼女は温かく、力なく横たわっている。贅肉《ぜいにく》のない細い体にもかかわらず、やわらかくもあった。それも、そうあるべき場所が。

リラックスだって？　ありえない。

だが、少なくとも、ヴァレンティナが目覚めたときにどうなるかについて考えることはできる。

彼女はひと月とどまるのに同意した。

ひと月と言われたときには、充分に思えた。ルカの計画では、ヴァレンティナが安心し、すべての要求が聞き入れられると信じるまで彼女をそばに置くつもりだった。ヴェネチアのファーストレディとしての地位を満喫するだろうが、それもつかの間だ。彼女の屈辱は公に知られることになる。

ルカは書斎でのひと幕を思い起こした。ヴァレンティナは攻勢に転じ、ルカが力を尽くしたにもかかわらず、彼を搾り尽くした。これから三十日間、毎夜ヴァレンティナは彼のベッドで——それを言うならデスクでも、身をもって憎しみを証明するのだ。

そう考えると、充分な期間などないような気がした。

ティナはまだ揺れているような奇妙な感覚とともに目覚めた。夢うつつの状態のあいだ、飛行機に戻っているとばかり思っていた。だが、格安のエコノミークラスの座席では、最高級のマットレスと飛行機が着陸できそうなほど大きな枕はない。

ティナはベッドで身を起こし、母親との口論を、デスクの上での白熱のひとときを思い出した。そのあと……すべてが消えてしまった。

いったい私は何をしたの？　上掛けを持ちあげてみた。当然、何も着ていないはずだ。そして当然ながら、夢ではなかった。ルカの前で素人のストリップショーを演じてみせたのだ。犠牲者としてではなく、服従を拒みつつ我が身を差し出した。それからデスクと、彼が中にいる感覚を思い出した。

その感覚を――満足感と達成感と、摩擦が生む妙なる副作用をどうして忘れられるだろう？　三年間、忘れたことがなかった。しかも何も変わっていないように思えた。記憶のとおりだった。

けれども、ベッドだけは思い出せなかった。これはルカのベッドだ。彼の残り香と男性的なこの部屋の雰囲気からわかる。ティナはルカのベッドで眠り、彼も隣で眠ったのだ。これは、デスクの上でわかち合った行為以上に親密に感じられる。

でも、彼は今どこに？

上掛けの上にガウンが置いてあった。鮮やかなグリーンのシルクだ。ティナは急いでそれを羽織った。ルカがいきなり現れるかもしれない。昨夜の出来事を考えると、恥ずかしさを覚えるのはおかしなことだが、あのときは激しい怒りが勇気をくれた。今も母親とルカの両方に怒りを感じている。同時に、自分の大胆すぎるふるまいにも驚いていた。言うまでもなく、今後についての多少の不安もある。

ひと月、ルカ・バルバリーゴと夜を過ごすのだ。彼は私の体のヒューズを飛ばすすべを知っている。三年の空白のあと、これから三十日間、毎晩……。

ティナは身震いした。

窓の外からヴェネチアの街の音が聞こえる。唯一感じるのは、地の底から来るようなやさしい揺れだけだ。そのとき初めてマントルピースの上の時計に気づいた。三時？

ティナはベッドから足を下ろすと、バスルームを確認した。別のドアの向こうが書斎になっている。そこに彼女の荷物はなく、昨夜の出来事の痕跡も消えていた。床に脱ぎ捨てた服も見当たらず、デスクの上にはペンや電話、書類などがきちんと置いてあるので、夢でも見たのだろうかと考えた。だが、それは違う。かっとなり、勢い込んで立てた計画だったが、実行に移せたようだ。

ティナが考えをめぐらしているところにドアがノックされ、男性の使用人がトレイを持って入ってきた。ロールパンやペストリー、熱いコーヒーとお茶の両方がそろっている。主人の寝室に女性がいることに慣れていないとしても、彼は顔に表さなかった。

ティナはガウンの前をしっかりかき合わせた。気をもむ必要はなかった。彼の視線は、ティナのいるあたりを避けている。おそらくこれは初めてのことではないのだ。ティナはいらだたしげにその考えを退けたが、思い悩んでも意味がないと気づいた。取り決めはひと月だけだ。あとの十一カ月をルカが誰と夜を過ごそうと、私には関係ない。

「ほかにシニョリーナがお望みのものはありますか？」使用人はトレイを置くと、窓のほうに向かった。「おなかがすいているはずだとシニョール・バルバリーゴからうかがいました」

「完璧だと思うわ」トレイに並んでいるものはすばらしいし、ティナの身分も昨夜よりは昇格したようだ。「シニョールは――ルカはどこにいるのかしら？」何層も重なる分厚い朱色のカーテンが開き、部屋に光が広がった。

「もちろんシニョール・バルバリーゴはバルバリーゴ銀行のオフィスにおいでです」

「当然、そうよね」ほっとした口調で言うつもりだったのに、失望したように聞こえた。失望したの？私が目覚めるまでルカがここで待っているのを期待していたみたいじゃないの。結局、彼は欲しいものを手に入れたんでしょう？

「ほかにご用はありますか？」使用人は部屋を出ようとしていた。

「実はあるの」ティナは顔が赤くなるのを感じた。「服が見つからないみたいで」

「昨夜着ていらした服のことですか？」

〝はしたなくも書斎の床に散らばったままになっていた服ですか?〟そう尋ねられる前にティナはつけ加えた。「それに私の荷物も。見つからないの」

彼はティナを隣の広いクローゼットに案内した。ただの壁だと思っていたところに扉があり、奥の部屋に彼女の荷物と、棚にきちんとたたまれた昨日の服がしまってあった。「服は洗濯してあります。残念ながらブラジャーはだめになっていました」

「気にしないで」ティナは明るすぎるほどの声で言った。ルカが引きちぎったのを思い出して、きまり悪かったが、ルカの使用人は表情を変えなかった。

「残りの服はまもなくここに届きます」

ティナは眉をひそめた。「でも、母のところには何も置いてこなかったけれど」

「シニョールがあなたのために手配したのです。まもなく届くと思います」

配達? 着古した地味なブラの代わりを? その必要はないのに。ティナは使用人が去ったあと、バックパックをかきまわしながら考えた。着替えも持たずに旅してきたわけでもないのに。

三十分後、脚のまわりにひらめくところが気に入っている花柄のミニスカートに涼しげなニットのトップを着てバスルームから出たとき、配達人が来たことに気づいた。いや、配達人たちだ。クローゼットの棚を埋めつくす荷物を運ぶには、ひとチーム必要だったに違いない。

まるでブティックだ。あらゆるドレスがそろっている。昼用、パーティ用、舞踏会用のドレスまである。ティナはラックにかかるビニールに覆われたドレスにざっと目を通した。靴の棚も確認した。服に合った靴がそろっている。あとは見なくてもわかった。引き出しには、ありとあらゆる色のランジェリーがつまっているのだろう。

そしてTシャツブラはないはずだ。

ルカは私のブラを取り替えたいと思っている。だが、考えてもしかたがない。彼は私の服すべてを取り替えたいのだから。ティナは大笑いしそうになった。ばかげている。もちろん、不必要でもある。それ以上だ。これはひどい屈辱だ。

ティナは寝室のドアを開け、使用人を呼んだ。ルカ・バルバリーゴは何さまのつもりなのだろう？

ティナは古い無骨なノートパソコンで父親にメールを送ったが、スペースキーは、気が向いたときにしか言うことを聞いてくれなかった。そのとき、応接間に通じる両開きのドアが開いた。振り返らずともルカだとわかる。心臓が飛びあがって鳥肌が立ち、昨夜の熱い記憶がよみがえったからだ。ティナは背中に突き刺さる彼の視線を感じながら、頑固なスペースキーをもう一度親指でたたいた。

「何を着ているんだ？」

「このスペースキーをなんとか動かそうとしているの」心臓の鳴る音をごまかそうと、ティナはもう一度キーボードをたたいた。今度はうまくいき、さらに数語打ったところで、間違ったキーを押していることに気づいた。意味の通じない文章になっている。

「いや、何をしているかじゃない。何を着ているんだ？」

ティナは自分の服を見おろしてからルカを振り返った。振り返らなければよかったと思った。ダークなビジネススーツと真っ白なシャツが彼に力強さを与えている。濃い色の肌に陰を作る生えかけのひげが、その力強さに危険な雰囲気を加えていた。それとも、品定めするような、細められた目のせいだろうか？　ティナはピンでとめられたガラスケースの中の蝶《ちょう》になった気分だった。

「スカートにニットだけど」ルカは今も昨夜のジーンズ姿の私を見ているのだろうか？　またあの姿を

見たいと期待していたの？　そう考えたティナは、期待感に身震いした。「どうして？」

「僕が注文した服は？　まだ届いていないのか？」

ああ、そういうことね。あの服のことはすっかり忘れていた。ティナは椅子から立ちあがり、背後のデスクをしっかりとつかんだ。座っていると、そびえたつようなルカに圧倒されるが、立っているのも意外と楽ではない。「届いたわ」

「だったら、そこから選べばいいだろう」

ティナは顎をつんと上げた。「どうして着ていないってわかるの？」

ルカがふふんと笑った。「いいかい、ヴァレンティナ。見ればわかる」

「今着ているもののどこに問題があるの？」

「何もないよ。バックパッカーみたいに見せたいのならね。さあ、着替えてきなさい」

「なんですって？　いつから私に着るものを指図するようになったの？」

「取り決めに同意してからだ」

「私はこんな――」

「僕の記憶が正しければ、昨夜、君は条件を提示した。君が何を着るかについては含まれていなかったと思うが。この場合は……」

「無理強いはできないわよ」

「そうかな？　一時間後にディナーの予約を入れてある。ヴェネチアで一、二を争う高級レストランだ。そんなぼろを着て、僕と一緒に行くつもりか？」

「ひどいじゃない！」ティナにとって、それはぼろではなかった。たぶん彼女の服に五十ドル以上の値段のつくものはないだろう。ブランド物の派手さもないかもしれない。でも、絶対にぼろではない。

「とにかく、あなたが手配したあの服は……」

「どうしたというんだ？」

ティナはほほえんでみせた。「返品したわ」

「何をしたって？」

「聞こえなかった？　返品したのよ。私は服なんて頼んでいないし、欲しくもなかったんだもの。だからアルドに言って、送り返してもらったの」

ルカは大股で戸口に向かった。「アルド！」その朗々とした声が屋敷《パラッツオ》に反響した。彼は振り返って、長く力強い脚で部屋を横切り、端にたどり着くと、またくるりと向きを変えた。「信じられない。君がそんな愚かなまねをするとは」

「私も信じられないわ。私の服を買うなんて！　私はあなたの着せ替え人形じゃないのよ」

ルカはティナの目の前で足をとめた。「君は僕の連れとして人目にさらされるんだ。その役割にふさわしく見えなければ」

「あなたの娼婦《しょうふ》としてでしょう！」

「昨夜、君が取り決めに同意したときには、不満そうなようすは見せなかったじゃないか。あのとき君は、喜んで僕のために脚を開いたように見えた」

ルカの頬をひっぱたいた音が部屋に響き渡った。結果としてティナのてのひらが痛んだが、彼が感じたはずの痛みに比べれば、たいしたことはなかった。

ルカは手で頬をこすった。その下が赤くなっている。「君には僕を平手打ちする残念な癖があるみたいだな、ヴァレンティナ」

「あら、偶然ね。あなたには私を怒らせる残念な癖があるみたい」

「ありのままを言うからか？　それとも君に服を買い、それを着ろと強要するからか？　たいていの女は異議を唱えない。ほとんどの女は喜ぶよ」

「私はほとんどの女ではないし、あなたに買われたわけじゃないわ。たしかに、ベッドをともにすることには同意した。でも、何かの持ち物みたいにあなたにくっついて出歩くことは含まれないわ」

「君はひと月、ずっとベッドに縛りつけられると思っていたのか？　正直に言えば、それにもそそられるが、そこまで過激な手段は必要ないだろう」

「残念ね」ティナは言い返した。「あなたみたいな人はすごく興奮すると思っていたんだけれど」

「さあ、どうかな」ルカは応酬した。「君があれほど積極的なところを見せてくれたのに、どうしてベッドに拘束しないといけないんだ？」

アルドがドア口で咳《せき》ばらいをしたので、二人は同時に振り返った。ティナは穴があったら入りたい気分だった。一方、ルカはそれまで天気の話をしていたかのように平然としていた。

「アルド、届いた服はどこにあるだろうか？　ヴァレンティナが返品してくれと言ったあれだ」

「階下《した》にございます。この状況では、置いておいたほうが賢明かと思いまして」

ティナは恥ずかしさを忘れた。「なんですって？　私は返品してって頼んだのよ。あなたも取りはからうと言っていたじゃないの」

アルドが頭を下げた。「申し訳ありません。よろしいでしょうか？」

「いいえ」ティナは言った。「全然よろしく――」

「アルドが言っているのは」ルカが割って入った。「僕がこの家の主人だということだ。君は客だ。敬意を払われるべき客ではあるが、決定権を持っているのは僕だと理解してほしい。君ではなく」彼は使用人に向き直った。「ありがとう《グラッツェ》、アルド。よければ、僕たちの客人の代わりに、何を着るべきかいくつか選んでくれないかな。デザイナーズブランドは彼女の得意分野ではないようだから」

「私は出かけたくないわ」

「セクシーなものを見繕ってくれ、アルド」ルカがティナの言葉を無視して続けた。「カクテルドレスがいい。それにハイヒールだ。彼女のスタイルが際立つものを選んでくれ。レストランにいる男たちが彼女を見てよだれを垂らすようなものを」

アルドはお辞儀をしてから背を向けた。主人の風変わりな要求にも驚きを見せず、彼女もおとなしく命令に従ってついてくると信じているようだ。

ティナはその場から動かなかった。「それで、レストランにいる人たちがよだれを垂らしているあいだ、あなたは何をしているの？」

ルカが笑みを返した。彼の暗い瞳に危険な熱い何かがひらめき、期待が電流となってティナの全身を駆け抜けた。「君が何を着ているにしても、僕はそれを引きちぎる。そのあと、僕のベッドで手足を広げて横たわる君の姿を思い描いているだろうね」

その言葉にティナが身を震わせると、危険なまでにルカの笑みが広がった。

「ほら、これで」ルカの白い歯がきらりと光ったように見えた。「君も同じことを思い描く」

7

あんなことを言われて、何を考えられるだろう？ ティナは脱力して、アルドのあとから大理石の階段を下りていった。ルカが間違っていると証明し、あの顔から得意げな笑みを消したかった。だが、ひそやかな約束に、期待の甘い興奮を感じたのは否めない。そう、あれは脅しではなく、約束だ。

大嫌いな男性とのセックスを楽しみにするのは間違っているの？ 自分が借りてもいない借金のかたにされたというのに。おそらく疑問に思うこと自体、間違っているのだ。考えれば考えるほど別の疑問が生じるからだ。そして、考えたくないありとあらゆる答えが浮かぶ。

理性が吹き飛び、自分の世界が爆発するような行為を——かつてないほど体が求める行為を楽しみにしているからといって、おかしいと思ってはいけない。これから一カ月、ルカとベッドをともにすることに合意した。だったら、疑いを持つ意味があるのかしら？

これはいい疑問点だ。気分もよくなった。

「こちらを」物思いにふけるティナに、アルドがドレスを差し出していた。ティナはクローゼットに戻り、そのドレスを着た。ルカの買ってくれた服などいらないと言い張り、送り返すよう頼んだにもかかわらず、身につけた瞬間に気に入った。

コバルトブルーのカクテルドレスは、サテンの生地が体にぴったり張りついたが、それでいて下着の線が出ない。たぶんいつもの地味なコットンのブラではなく、きわめて薄いシルクの下着をつけているからだろう。ウエストはつめてあり、めりはりのある体の線をあますところなく見せつけている。

アルドがどこからかドレスにぴったりのイヤリングも探してきた。光を受けてきらきら輝くダイヤモンドと、ドレスの色と同じサファイアだ。あとは軽くメイクを施し、髪をねじってアップにするだけでよかった。ドレスの深い色のせいか、琥珀《こはく》色の瞳が金色に見える。もっとも、それは食事のあとに起こるはずのことを考えたせいかもしれない。

「すごくきれいだ」現れたティナに、ルカが言った。その深い声が彼女の心に届いた。ティナが暗い瞳をのぞき込むと、彼の欲望が感じ取れた。ルカの手を借りて水上タクシーに乗り込んだときには、自分自身の欲望にも火がついたのを感じた。

どうかしている。ティナはそう考えた。ルカがようやく手を離したので、船の中に入った。女学生のように息苦しくて、期待に胸がわくわくしている。私はどうかしているに違いない。好きな男性と初めてのデートをするような気分なのだから。実際は、ルカに身柄を拘束されている。三十日間、彼とベッドをともにする――これは悪魔の取り引きだ。

けれども、その事実も、速まるティナの脈拍を落ち着かせる役には立たなかった。ルカは身をかがめて船内に入ると、ティナと並んで革張りの長椅子に座った。どうしても彼のにおいと体温がティナを引きつける。ルカ・バルバリーゴのような悪魔が相手では、理性も悲しいほど働いてくれない。

水上タクシーはゆっくりと大運河を進み、歴史的なヴェネチアの建造物のあいだを抜けて、ドゥカーレ宮殿前の混雑したサンマルコ広場と鐘楼《カンパニーレ》の脇を通り過ぎた。内湾の向こうで、サン・ジョルジョ・マッジョーレ教会と鐘塔が、その名の島に堂々とした姿でそびえている。

ティナは観光のためにヴェネチアに来たわけではなかったが、この壮観な眺めに魅了され、畏怖の念を覚えずにはいられなかった。これほどすばらしい景色に感動しない人などいるのかしら？　そのときルカが向きを変え、ティナの目が彼の横顔をとらえた。これもまたすてきな風景だ。

ルカは骨格も完璧で、古典的な顔立ちは彫刻のようだ。ルカはこの壮大で美しいヴェネチアに属している。街の一部なのだ。彼のイタリア的な美しさに見とれながら、ティナはふと考えた。

私たちの息子も彼に似た容貌に育ったのかしら？

鋭い痛みが心を貫き、ティナは思わずあえいだ。嗚咽《おえつ》がもれそうになり、手で口を押さえる。左右の目から涙がひと粒ずつこぼれ落ちた。

「どうした？」ルカが尋ねたが、ティナには首を振ることしかできなかった。

私たちのかわいい息子。

あまりに早く生まれてしまったために救えなかった。父親はその子のことを何も知らない。

「なんでもないわ」ティナは嘘《うそ》をついた。流産したせいで、ルカには子供のことを話さずにすんだ。二度と彼に会わないのだから、言う必要はなかった。けれども、今はこうしてヴェネチアにいて、子供の父親とひと月過ごすことを強要された。あのときに感じた安堵《あんど》と確信はどこに行ったの？　安堵は罪悪感に、確信は恐怖に変わってしまった。葬り去ろうと努力した秘密が、ダモクレスの剣のようにティナの頭上にぶらさがっている。

今さらどうやって真実を言い出せるものだろうか？　どこから始めればいいの？

「水上《ヴァポレット》バスの通ったあとは揺れるんだ」ルカはティナの涙を誤解した。「もう乗り越えたから大丈夫」

ティナはうなずき、うっすらとほほえんだ。そして、いつか私は乗り越えられるのだろうかと考えた。

数分後、水上タクシーは細い運河に入り、立派なひさしのかかるホテルの乗降口でとまった。

「気分はましになった？」ルカが船を降りるティナに手を貸しながら尋ねた。

「ええ」ティナはルカの気づかいに驚いていた。この男性と気づかいは結びつかない。傲慢ならわかる。欲望についても予期していた。だが、気づかいがルカの性格に含まれるとは思ってもみなかった。もっとも、遊び相手の具合が悪ければ夜を楽しめなくなると考えたのかもしれない。それなら理にかなう。

「ずいぶんましになったわ、ありがとう」

優美なアーチ型の通路を抜けると、アラジンの洞窟のようなホテルのロビーに出た。華麗な金色の葉のからまるピンク大理石の柱が高い天井を支え、赤絨毯《じゅうたん》の敷かれた広い階段が壁沿いに曲がりくねりながら天に向かって伸びている。

「すばらしいわ」

「君がね」その言葉にティナが振り向くと、ルカが手ぶりで周囲を示した。「誰もが君のほうを見る。気づかなかった？」

気づかなかったわ。「もしそうだとしたら、あなたと一緒にいるからでしょう」

「君が誰なのか、みんな不思議に思っているんだよ、間違いない」ルカは豪華な階段のほうに彼女を導いた。「だが、このホテルにいる女性は誰もが君のようになりたいと望んでいる」

「ドレスを見ているのよ」ティナは反論し、彼の言葉を信じたくなる前に話題を変えた。「どうやって私にぴったりのサイズがわかったの？」

「僕のような男なら、恋人の服のサイズだってわかるとは思わなかった？」

ティナは震えた。恋人？　ずいぶん親しげだ。親密すぎる。二人の関係はあくまで事務的な取り決めにすぎない。取り引きなのだ。そこで、冷ややかで動じていない顔を取り繕った。「あなたは経験をたっぷり積んでいるから、よくわかるのね」

「そのとおり」ルカの笑みが大きくなった。「それが気に食わない？」

「どうして私が気に食わないの？　あなたが誰と寝ようが関係ないわ。知りたくもないし」

「たしかに」ルカが返した。「もっとも、僕は達人ではないんだ。君はそう信じたいみたいだが。アルドが君の着ていた服を見た。どうやらタグはまだ読み取れたんだな。タグだけだが」

奔放なふるまいばかりか古い服をほのめかされ、ティナは頰を赤らめて、足元の階段に注意を向けた。

レストランは建物の幅全体を占めていた。半分は屋内、半分がテラスで、赤い内装と淡いクリーム色のリネンのテーブルクロスや、上手に配置された金縁の鏡が、優雅な雰囲気を醸し出している。二人が通り過ぎると、誰もが振り向いた。男性は昔からの友人のようにルカに挨拶した。女性は彼に向かって媚《こび》を売り、ティナをいぶかしげにじろじろ見た。ルカが逆巻く波のように部屋を進むあいだも、周囲の人々は一秒も目を離さなかった。

二人は大きなガラスのドアを抜けて広いテラスに出た。ルカのためにいちばん端にテーブルが用意され、そこからサンマルコ湾とヴェネチア湾が見渡せた。下を見ると、観光客が気持ちのいい九月の夜を楽しみながらスキアヴォーニ河岸をそぞろ歩きしていた。湾内を行き来する船が蛍のように光っている。

ルカは椅子にもたれてほほえんだ。テラスからの景色は最高だ。だが、今夜はそれ以上だった。彼は嘘はつかなかった。ヴァレンティナはすばらしい。彼女の猫のような琥珀色の瞳の色は特別だ。あのドレスも。彼女が動くたびにドレスの上に影が躍るのだ。ルカの指は影をうらやみ、彼女の肌の上を思うがままに動きたくてうずうずした。「腹は減っているか?」メニューを渡されたとき、ルカが尋ねた。

彼の飢えは胃とはまったく関係がない。

昨夜ヴァレンティナは彼にさらなる飢餓感を残した。今朝は仕事に向かう前にもう一度と考えていたが、彼女はぐっすり眠っていた。寝かせておくほうがはるかに賢明に思われた。ふたたび愛し合うときには、ヴァレンティナにはしっかり目覚めていてほしかった。今度こそ、ひと晩じゅう彼女が欲しい。

今夜だ。

その考えには、メニューに載っているどの料理よりそそられた。突然、ルカはメニューに興味を失い、ヴァレンティナに視線を戻した。

「少しね」ヴァレンティナが目を上げる。ルカの視線に気づくと、その目が見開かれた。ヴァレンティナがごくりと唾をのみ込んだ。ルカは彼女の顎がわずかに持ちあがり、喉が動くさまを見つめる。「あなたのお勧めは?」

たくさんある。だが、彼女が料理のことを言っているとしたら……。ルカは早くも家に帰りたくなり、いきなりメインコースから選んだ。自分の欲望の強さに、いくらか驚いていた。「ここの鮟鱇《あんこう》はすばらしいよ。それにうさぎ料理も」

ヴァレンティナの目に何かが――彼の考えを読み取ったかのように反抗的な何かがひらめいた。「ビーフにするわ」

「すばらしい選択だ」ルカはほほえみ、二人分注文した。

プロセッコが運ばれると、彼はグラスを掲げた。「何に乾杯しようか……」ルカはゆっくりと意味ありげな笑みを浮かべた。「期待に乾杯」

「期待に」ヴァレンティナはかすれた声で返し、そっとグラスを合わせた。

飲む前から、ティナはすでにめまいを感じていた。感じないわけがない。最高の場所、最高の景色、そして向かい側に座る男性は、メニューのどの料理よりもおいしそうだという顔で彼女を見つめている。ティナはそんなルカの視線を好きにならずにいられなかった。外出しようと言い張ったのはルカのほうなのに、食事を早く終わらせたくていらいらしているように見えるのも気に入った。ルカの欲望はティナに力を与える。彼にも思いどおりにならないことがあるという意味だから。

そう、私はルカの取り決めに同意した。一カ月のあいだ彼のものになる。ルカは私を着飾らせて、彼にふさわしい存在に変貌させることによって、いくばくかの力をわけ与えてくれるのだ。

だが、私は自分の役割を演じるだけだ。これは難しいことではない。ルカ・バルバリーゴの非情な決意をどう思おうと、夜の喜びを期待するのは当然と言えるだろう。もちろん一カ月後、ここを出ていくのも待ちきれない。

「ここはちょっとした会話を楽しむ場所だ」ルカが

口を開き、ティナの物思いを破った。「おたがい行きたいと思う場所があり、もっとしたいと思うことがあるのに、文明人らしく話をするというわけだ」

ルカが何をしたいのか、尋ねる必要はなかった。その目に欲望が色濃く見えるのだから。「だったら、天気の話でもしましょうか」ティナは提案した。

「天気の話に興味はないね」

「そうなの？ だったら景色の話でもいいわ。名所を教えて。それならたくさんあるでしょう」

ルカがかぶりを振った。「だが、退屈だ。それより君のことを話したい。あの夜からどのくらいたった？ 二年？ もっとかな？」

〝あの夜〟とは、なんて適切な言葉だろう。「一月でまる三年になるわ」

「そんなにたつのか」彼はワインをひと口飲み、椅子にもたれた。暗いまなざしがティナの目をさぐっている。「その後、どうしていた？」

傷ついた自尊心を癒やしていた。

妊娠がわかった。

子供を失って嘆いていた。

憎しみを……。

ティナは水の入ったグラスを取りあげて、じっと見つめた。こうすれば、向かい側の男性を見なくてすむ。今の質問がどれだけ私の心を乱したか、彼は知るよしもない。「ほとんどは父のところで働いていたわ」〝ほとんど〟というのが重要だ。最初の数カ月のことを明かすつもりはない。次々と試練に襲われたあのころ、ティナはシドニーにある寝室一つの友人のフラットに引きこもっていた。

「お父さんのところというのは？ リリーは羊毛がどうだとか言っていたが」

リリーと農場を同時に持ち出され、ティナは憤りを感じた。「ええ。羊と農作物が少し。主にルーサンね」ここ数年、農場には雨が降らなかった。ダムは枯渇し、芋は土埃《つちぼこり》で赤くなった。前回の干魃《かんばつ》は あまりに長く続いたので、地元では、芋は成長する と赤くなると思った子供もいたくらいだ。「ここと はまったく違うわ」これはかなり控えめな言い方だ。

「君はお父さんと仲がいいということだな」

ティナは肩をすくめた。「当然でしょう。リリー が出ていったあと私を育てたのは彼なんだもの」一 方、ティナにとって、リリーはときどき訪れる休暇 の行き先だった。たいていは結婚式に合わせて行っ ていた。エドゥアルドの前に二度あり、一人はスイ スのスキー学校のオーナー、もう一人はアルゼンチ ンのポロ選手だった。どちらも長続きしなかった。

お笑いだわ。人生は同じことが繰り返される。

ティナは母親とエドゥアルドの結婚式でルカと初 めて会った。十七歳だったティナは、そのころには 母親の人生は空虚で無意味だと悟っていた。たまた まエドゥアルドの甥《おい》だとわかった誰かと、ベッドに 行く気などまったくなかった。たとえ彼がそれまで 会ったこともない完璧な男性であったとしても、テ ィナにあからさまな興味を示したとしても……。

ルカがブレッドスティックを折り、ティナは現在 に引き戻された。「農場にいるリリーなんて想像で きないな」

「二人は結婚すべきじゃなかったのよ。リリーはリ ッチな農場主の妻になれると想像していたのね。一 日じゅうテニスをして、お茶を飲めると」

「だが、現実は違った？」

ティナはかぶりを振った。「憎んでいたわ――蠅《はえ》 も暑さも。リリーは私が生後半年のときに出ていっ た。ミッチには私と心の穴が残されたのよ」

「なんというか……」ルカは言葉を探すように、し ばしためらった。「ありえない組み合わせだな。リ リーみたいな人間に、農場で働くような相手とは」

「その違いがおたがいを引きつけたんだと思う。リリーはお嬢さん育ちのイギリス人で、休暇で、年取った独身のおばを訪ねていた。ミッチは骨の髄まで無骨なオーストラリア人だから、おたがいが物珍しかったんでしょうね。二人はシドニーのチャリティイベントで出会い、一瞬のうちに欲望が燃えあがった」ティナはため息をついた。「普通の状況であれば、お決まりのコースをたどって、それぞれの世界に戻ったんだろうけれど、リリーが私を身ごもり、二人はあわてて結婚したの。結局は無駄だったわ」

「君はそれをいいと思わないんだな？」

「予定外の妊娠は結婚の理由にはならないもの！　そう思わない？」

おそらく、きつい口調だったのだろう。そして問いかけではなく、要求のように聞こえたかもしれなかった。ティナはルカの同意が欲しかった。だが、彼は同意する代わりに、ただ肩をすくめた。「僕はイタリア人だ。僕たちにとって家族は重要だ。それが正しいか間違っているかなんて、誰にわかる？」

「私にはわかるの」ティナは言い返した。ルカがもし知っていれば――知ってくれさえしたら、彼の考えも違っていたはずだ。「両親の結婚が不毛だと知りながら、育ったのよ。私は自分の子をあんな目にはあわせない。私はリリーの娘かもしれないけど、リリーじゃないわ！」

「それなのに、君はここにいて、彼女の尻ぬぐいをしている」

「リリーのためじゃないわ」ティナは歯を食いしばった。「あなたが私の父をこの件に巻き込もうとするからよ。父をリリーの悪夢に引っ張り込むのは許さない。彼はわずかな金額のために身を粉にして働いているのよ。リリーのせいでそれを失うなんてとんでもないわ！」

ティナは怒りを爆発させ、息切れしていた。だが、喜んでもいた。おかげでルカを憎む理由を思い出した。彼は自分の目的のために人を操り、利用する。そして望む結果を作り出すのだ。

「君は気づいているだろうか」ルカが身を乗り出した。両手でワイングラスを包み込んでいる。「怒ると、瞳が炎のように燃えあがるんだよ」

ティナはふいに話題を変えられて面食らい、口をあんぐりと開けた。彼が怒りを向けてくるとばかり思ったのに。「私は怒っていたんだけど」誰にも言われなかった――ティナ自身も知らなかったことをルカが気づいたので、居心地が悪かった。「今だって怒っているし」

「怒っているときだけじゃない」料理が運ばれ、ルカが先を続けた。ウェイターは流れるような動作で皿を置き、一礼して立ち去った。「昨夜の君の瞳も、達した瞬間、光を放っていた。今夜また僕のために燃えあがるところを見るのが楽しみだ」

ティナは何もわからなくなった。食事はぼんやりした状態で進んだ。ビーフは口の中でとろけるようだったが、皿が下げられて五分もたつと、どんな味だったか忘れてしまった。ルカが何を言ったかも、よく覚えていなかった。

ルカのひと言ひと言がティナの感覚を刺激した。彼の熱い視線に、下腹部の奥深くに火がついた。ルカにほほえまれるたびに、肌がうずいた。

ああ、ルカはほほえむと、とてもすてきだ。唇が開いて、白い歯が見える。完璧な歯ではないと気づいて、ティナはいくばくかの満足感を味わった。とはいえ、それがルカを虚構ではなく現実の存在にしている。どういうわけか、逆に彼を完璧に見せる効果をもたらしているのだ。あまりにすてきなので、一瞬あんなことを想像し……。

ティナはいきなり我に返った。炭酸水《フリザンテ》を飲んで、熱くなった体を冷まそうとした。ルカ・バルバリーゴがかかわるところに想像などありえない。

でも、今夜は違う。そして今夜は一カ月続くのだ。デザートを飛ばしてコーヒーに進んだとき、ティナの体はざわめいていた。期待は興奮にまで高まり、血管を駆けめぐっている。今も船は蛍のように潟を行き来しているし、二人の周囲のテーブルはすべて満席だ。「時間だ」ルカがかすれた声で言った。彼の飢えたまなざしがティナの聞きたいすべてを告げているとき、それ以上の言葉は必要なかった。ルカはティナを室内へと導いた。背中に添えられた彼の手は、指先がかすめる程度の触れ方だが、ティナの体の全神経がその場所に集中していた。

そして今度は、ルカも知人の挨拶の声を無視した。目礼すらしなかった。ティナを連れてレストランを出るまで一度も足をとめず、階段を下りて、待っていた水上タクシーに乗り込んだ。

私のためだ、とティナは考えた。ルカは私のために彼らを無視したのだ。そうと知ったことで、ティナは舞いあがると同時に、自分の力を感じた。

しかも、ルカは私を相手に快楽を得ることで、借金を――膨大な借金を帳消しにした。そう考えると、さらに大きな力を感じた。

だが、ずっと悩ませてきた疑問が頭をもたげた。

いったいこれはどういうこと？

なぜ私なの？　たしかに母が膨大な借金をした。それでも、母親の借金などなくても、どんなに長い期間であってもルカに同伴し、ベッドをともにする女性は数限りなくいるはずだ。どうして彼は私を欲しがったのだろう？　いったい何をたくらんでいるの？

ルカは運河沿いの夜景を楽しもうと提案し、ティナの手を取って、船尾のデッキに連れていった。「しかめっ面をしているぞ」水上タクシーが桟橋を離れるとき、彼は手すりをつかんだティナに腕をまわした。

ティナはわずかに身をこわばらせた。「あなたを理解できないからよ」

背後でルカが肩をすくめた。「何を理解できないんだ？」

「どうしてあなたが私を欲しがるのか」

「僕は女好きな男だからな」ルカはティナの体をくるりとまわして向き直らせた。「そして君は……」

なかば目を閉じ、彼女をまじまじと見つめる。そのまなざしが、ティナの肌に熱い石炭を押しつけた。

「まさに女だ。君を欲しがって当然だろう？」彼女の体を引き寄せると、唇を近づけた。恐怖がふくらみ、ティナは顔をそむけた。

「やめて。キスしないで」キスはたがいに好意を持つ二人が――愛し合う二人がするものだ。

「どうして？」

キスは危険だから。キスで我を忘れることもある。ルカ・バルバリーゴのせいでそうなりたくはない。

「あなたが嫌いだからよ。それに、あなただって私をとくに好きだとは思えない。間違っている気がするのよ」

「それで、セックスはかまわないと？」

「ただのセックスなら」

「ただのセックスか。君の考えでは、昨夜のことは……ただのセックスなのか？」

「あなたならどう形容するの？」

「〝理性が吹き飛び、地を揺るがす〟だな。もしかしたらこれまでで最高と言えるかもしれない」

ティナは息がとまるほど驚いた。たしかに私にとってはそのとおりだった。でも、彼にとってもそうだったの？　船が広い運河に出て急にスピードを上げたせいなのか、ルカを拒みたくなかったからなのかはわからない。ふたたびルカの唇が近づいたとき、ティナの胸から空気が消え、真空状態になった。

ルカがしっかりと唇を重ねて、空気をそそぎ込んだ。ティナは口の中に彼の味を感じた。

コーヒーとワインと熱が混じり合い、強いカクテルに変化した。ティナはくずおれそうになり、ルカの両腕に支えられた。キスを拒んだのは正しかったのだ。なぜなら、こんなキスをされたら、我を忘れるだけではなく、溺れてしまうからだ。

ティナはすでに感覚の海に溺れていた。体を這《は》うルカの手は愛撫《あいぶ》であり、要求だった。彼のキスは魂を与えると約束しながら、同時にティナの魂を奪い取ろうとしていた。

私の魂を与えるわけにはいかない。

ティナは顔をそむけ、ルカの胸を押しやった。

ルカは逆らわなかった。ティナは背を向けると、命綱のように手すりをつかんだ。「いやだと言ったのに」

「本当に?」

「もちろんよ! どういうことかわからないんだもの。あなたはヴェネチアでほかの女性をいくらでも選べるのよ。いいえ、どこであろうと選び放題だわ。脅して取り決めを交わす必要もない」

「だが、僕はほかの女性など欲しくない」ルカは手すりからティナをもぎ離し、腕の中に引き戻した。

「僕は君が欲しい。君だけが」

「私って運がいいのね」

ルカが笑った。「脅されていなかったら、君は僕のもとに来たかい?」

「いいえ」ティナは息切れしたように答えた。なおも疑問の答えを探ろうとしていた。「あなたが地球最後の男性であっても、行かなかったでしょうね」

「だったら、わかるだろう」ルカはまた例の笑みを浮かべ、ティナの額に唇を押し当てた。「君は僕に選択の余地を与えなかった。君が望まないから、君を手に入れる満足感がより大きくなるんだ」

8

怒りはいい。怒りなら抑制できるし、ほかのものに形を変えてルカに投げ返すこともできる。怒りは欲望を色づけして武器を作り、情熱をもっと危険で破壊的な別のものに変化させるのだ。

そんなわけで水上タクシーが屋敷《パラッツォ》の裏手に着いたとき、ティナは不安も弱さも感じず、いつになく強くなった気がしていた。私はルカのキスを乗りきった。彼の嘲りにも耐えた。もしルカが私から好きなだけ奪えると思っているなら、彼はとんでもない思い違いをしている。

なぜなら私は与える以上のものを手に入れると確信しているからだ。そう、ルカ・バルバリーゴにおびえる必要はない。

アルドが運河側の出入り口で二人を出迎えたが、ルカがティナを上階にうながしたときには彼の姿は消えていた。背中にそっと触れるルカの手は、セイレーンの声のようにティナを誘惑した。その一方で彼女の怒りもふくらんだ。ティナにはルカがどんなゲームをしているのか理解できなかったが、もはやどうでもよくなっていた。自分が何を期待されているか、わかっていたからだ。

期待されているのは手軽な女になることだ。

ルカが何を信じさせたいのかはともかく、結局これはただのセックスでしかない。離れ業を披露する必要があるわけでもなく、私は服を脱いでベッドに行くだけでいい。簡単なことだ。

ディナーはうんざりするほど長かった。ルカは人目にさらされたいと思っていた。ディナーの相手が写真を撮られ、画像を検索され、彼に結びつけられるまで時間をかけるつもりだった。だが、あまりに長かった。何より彼女とベッドに行きたいのだから、なおさらだ。だが、あれも必要なことだったのだ。

誰でもその気になれば、さほど時間もかからずさぐり出すだろう。ルカ・バルバリーゴのおじの未亡人の娘だと。

じきに新聞や雑誌に記事が掲載されるはずだ。ヴァレンティナが彼のパラッツォに住んでいて、二人が恋人同士だと知れ渡る。あと数回も外出すれば、新聞は大げさに書きたてて、結婚の噂《うわさ》が立ち、賭が張られるに違いない。

そして本人も、信じはじめる。

そのときこそ、彼女がもっとももろくなる。

おとぎばなしを信じはじめる。そして実際に信じるのだ。大嫌いだと言い張っている今でさえ、蝋《ろう》のようにルカの腕の中で溶けるのだから。

ヴァレンティナは彼のものだ。

昨夜彼女は即興のストリップを演じ、デスクで身を捧《ささ》げることで、それをはっきりさせた。絶頂の激しさに呆然《ぼうぜん》としていたようすからも明らかだ。じきに憎しみを忘れて夢を信じるようになる。

そのとき、情け容赦なく彼女を捨てるのだ。

だが、それも先のことだ。まずは楽しむべき肉体的喜びがある。今から始めるのだ。

寝室の明かりは暗く、空気は生暖かい。広いベッドは上掛けの両側が折り返してあった。ルカは部屋に入るとドアを閉め、ほほえんだ。先を歩くヴァレンティナのヒップが魅惑的に揺れている。体にぴったり張りつくドレスがとてもいい。だめにしてしまうのがもったいないくらいだ。

そのあとふたたび……。

「どこへ行く？」

ヴァレンティナが立ちどまり、肩越しに彼を見た。

「クローゼットよ。今夜の余興には、何も着ていないほうがいいと思って」

「なんだって？　ストリップはないのか？」ルカはシャツのいちばん上のボタンをはずし、ネクタイをゆるめた。「オフィスの寸劇はなし？」

ヴァレンティナが目を見開いた。ルカはカフスリンクをシャツの袖からはずした。彼を見つめる金色の瞳が激しく燃えあがる。ティナは部屋を出ていこうとした。

「こっちに来るんだ」

「注文は受けないわ」

「来るんだ」ルカはベルベットに覆われた鋼のような声で繰り返した。

「どうして？　あなたのほうはそのすてきなイタリア製スーツを着たままで……原始人よろしく、このドレスを破れるから？」

「君がこっちに来ればわかるよ」

彼女の瞳が放った炎の矢が、ルカの下腹部を直撃した。

「このドレスが気に入ったのよ。だめにしたくないわ」

「奇遇だな、僕も気に入ったよ。君の体から引きはがす喜びにひたりたいだけかもしれないが」

「いいわよ」ヴァレンティナが言い返した。「好きにすれば」不満そうな口調ながらも、声がかすれている。ルカの目の前まで引き返し、くるりとまわって背中を向けたが、思うほどうまく自分を抑制できていないようだ。

急ぐな、とルカは考えた。そしてドレスのファスナーに手を伸ばす代わりに、両手を彼女の肩に置き、首と肩のあいだに唇を寄せた。あえぎ声が見返りとして返り、体の震えが彼の推測を裏付けた。

「ほら」ルカはヴァレンティナに向かってささやいた。「原始人だって、やさしくなれるんだ」すると彼女がふたたび震えた。

彼はヴァレンティナの腕に両手をすべらせながら、時間をかけてなめらかな腕の感触を堪能した。たがいの指をからめてから、またゆっくりと撫《な》でてあげる。楽しみ方はいろいろあるし、時間はたっぷりある。昨夜は性急すぎて、多くのことを逃してしまった。

さぐる場所もたくさんある。ルカは指先でドレスのファスナーをとらえ、その下の肌をなぞりながら、徐々に下ろしていった。またしてもヴァレンティナがあえぎ声をもらした。生地の下に手を差し入れ、いっきに肩から引きはがしたい誘惑が襲いかかった。

だが、ルカはヴァレンティナの体をまわしてこちらに向かせると、両手で彼女の頬を包み込んで顔を上げさせた。彼女の唇は開き、息は浅く速い。琥珀《こはく》色の瞳に敵意と燃えあがる怒りが見えたが、奥底にもろさがちらりと見えた。そのもろさのせいで、もう少しで情に流されそうになった。

「君の原始人は今どこにいる、ヴァレンティナ？」

ルカは彼女の顔をさぐり、開いた唇を見つめた。そこはキスを待っている。失望させるつもりはない。ルカは頭を下げて唇をそっと重ね、単純で最高の喜びにため息をついた。

ただのセックスだ。ティナは自分に言い聞かせた。彼のキスに意味はない。やさしさに意味はない。ただのセックスだ。意味はない。

だったら、どうしてこんなに気持ちいいの？

ルカの唇は音楽を奏でるように彼女の唇の上を動いた。協和音が積み重なり、テンポを落とした低音から舞いあがる高音までを縦横無尽に行き来する。

ルカの両手が首をたどって下りていく。シルクのストラップが彼女の肌をかすめて、ドレスが床に落ちた。ひんやりした空気がむき出しの胸を撫で、先端がさらに硬くなる。

ルカの手があらわな背中をすべりおりて、彼女を引き寄せた。ティナは彼を感じた。下腹部に当たる硬い部分を——彼を迎え入れたくて脚のあいだがうずくのを感じた。指をからめたい誘惑に抵抗できず、無意識のうちに手が動いていた。

ルカが歯のあいだから息をもらした。彼はドレスの輪の中に立っていたティナを抱きあげると、三歩でベッドに近づき、その中央に彼女を落とした。マラソンを走りきったように胸を上下させながら、彼はベッドの上のティナを見おろした。彼女は薄い小さなシルクの下着とハイヒール、そしてイヤリング以外、何もつけていない。彼はその姿を見つめたまま、シャツと靴、ズボンを脱いでいった。

ティナはルカに目を奪われた。彫像のような贅肉《ぜいにく》のない完璧な体から、息をのむほど大きくなった彼の一部から、目をそらせない。見つめることでティナの血がたぎり、体がうずいた。

ルカがベッドの上で膝をついて、ティナの左右の靴を脱がせた。足の甲にキスをしながら両手で脚を撫であげると、シルクの下着をつかんで引きおろし、肩越しに投げ捨てた。

「誰かに言われたことがあるか？」ティナの体を見おろしながら、彼は欲望にかすれた声で言った。「サファイアを身につけた君はすばらしいと」

誰かにそんなことを言われたら、忘れるはずがない。だが、今のティナには記憶をさぐる暇などなかった。今、この瞬間がすべてだった。

ルカが頭を下げて、ティナの胸に唇を寄せた。先端に舌を這《は》わせながら、片手で首から胸、腿から膝へと、くまなくさぐっていく。肌を焦がす愛撫《あいぶ》に、ティナは自分が液体になって流れ出し、渦を巻いているような気がしていた。

感覚は研ぎ澄まされ、欲求は回転しながら強まっていく。下腹部に熱のこもったキスが降りそそぎ、ルカが脚を大きく開かせた。

彼の舌が触れたとたん、電気のような衝撃が走った。ティナはベッドの上で背中を弓なりにそらし、ルカが与える甘美な苦悶《くもん》に応えて、不可解な——意味のない言葉を叫んでいた。熱い舌が脈打つ中心をなぞり、巧みな唇が神経の集まる敏感な場所をもてあそぶ。欲求の渦巻きはさらに大きくなって、ティナを深みへと引き込んだ。世界は徐々に縮んでいき、感覚が渦巻く海のほかはなにもなくなった。ティナはその海で溺れ、流されていた。それでもまだ足りない。もっと欲しい。

「欲しいものを言ってごらん」ルカがティナの苦悶を察知した。彼がつぶやいたその言葉を、ティナはひそやかな場所で感じ取った。

彼女は枕の上で激しくかぶりを振った。「あなたなんか大嫌い」

ルカが唇で彼女をとらえると、強く吸った。

「欲しいものを言ってごらん」

「あなたが欲しいの」ティナはなかば叫び、なかばすすり泣いていた。ルカの口が魔法を紡ぎ出すあいだ、彼女の中で渦巻く嵐はさらに激しく回転して、きついばねのようになった。「今すぐ欲しいの！」

するとルカの唇が離れた。一瞬の安堵《あんど》と一瞬の喪失感を味わったあと、ティナは彼が中心に触れ、奥深くに突き進むのを感じた。

これが引き金となった。きつく巻いていたばねがはじけ飛んで、ティナは天に舞いあがり、彼のまわりで喜びが炸裂《さくれつ》した。

「君はもっと僕を嫌いになるべきだ」ティナが地上に下りたとき、ルカが冗談を言った。彼女の体は汗ばみ、秘めやかな場所は脈打っている。

「嫌いよ」ティナはあえぎながら言った。今はこんなふうに彼女の体を燃えあがらせるルカの力が嫌いだった。

「よかった」彼が中で動くのを感じて、ティナは声をもらした。まだ高まったままなのだ。「ずっと嫌いでいてくれ」

それなら難しくない。けれども、ティナがそう言う暇はなかった。息をする暇もなかった。ルカは体を起こすと、ぐったりしたティナの脚を持ちあげて、すばやく彼女をうつぶせにした。何が起きているのかティナが気づくよりも早かった。そのあいだもルカは彼女の奥深くにいた。

ショックのあまりティナは声も出なかった。ルカが突然体勢を変えたせいもあるが、すっかり疲れ果てたと思っていた部分が新たに目覚め、締めつけたのも衝撃だった。

大きな手がティナの腰を押さえ、ルカが体を引いた。ティナは彼が離れていったことが憎らしかった。もしかしたら、この気持ちは彼を憎らしく思う気持ちより強いかもしれない。

ルカはたっぷり時間をかけて、ふたたび中に戻った。耐えがたいほどに少しずつしか進まないので、ティナは気が変になりそうだった。やがて彼が奥深くまで達し、二人の腿がしっかりと重なった。

えもいわれぬ満たされた感覚に、ティナはため息をもらした。ああ、こんなふうに彼を感じるのはとてもすばらしい。

そしてルカが動くと、もっとすばらしくなった。彼は自分のダンスのリズムにティナを引き入れた。最初のうちはゆっくりと、彼女とともに動いた。彼の手は貪欲さを増していった。一方はティナの背筋をすべりおりて胸のふくらみを包み込み、もう一方は腿の脇をたどって敏感な部分を愛撫する。ルカはティナの体を包み込んでいた。そして彼女の中にいる。彼女を奪っている。

リズムが生まれて、しだいにテンポが速まると、たがいの体がぶつかる音が起きた。ルカにあおられ、解放の瞬間を求めるティナの欲求は、これまで以上に強まっている。彼女が断崖の縁でよろめいたとき、ルカが動きをとめた。ティナは切羽つまったすすり泣きを聞き、その必死な声が自分の喉からもれていたのだと気づいた。

今度はルカが声をあげる番だった。苦痛のこもった勝利の叫びだ。彼は最後に激しく力を込めて身を沈めると、ティナを憎しみと欲望が火の玉となって燃え盛る場所へと送り込んだ。

ルカも彼女のあとから断崖を飛び越えた。そしてみずからを解き放ち、二人はともに波をとらえた。

〝あなたなんか大嫌い〟ティナがそう思ったとき、ルカが隣に倒れ込み、彼女を抱き寄せた。

〝あなたなんか大嫌い〟ひと粒の涙がティナの頬を伝う。〝あなたを大嫌いにならないといけないの〟

けれども、二人がたった今わかち合ったことを考えると、そんな思いも空虚で無意味に響いた。

9

ルカがこれほど遅くまで寝ているのは珍しい。だからといって、早い時間に目覚めなかったわけではなかった。ただし今朝は、ヴァレンティナも目を覚ました。彼女はルカの腕の中で温かく従順だった。当然ながら二人は愛を交わした。

だがその後、思いがけずルカは眠りに落ちてしまった。アルドの遠慮がちなノックで起こされなければ、今も寝ていただろう。

「何時だ？」アルドがテーブルにコーヒーとロールパンのトレイを置いたとき、ルカは尋ねた。隣でヴァレンティナが目を覚ました。うつぶせに横たわり、髪はくしゃくしゃに乱れて広がっている。奔放な夜の証《あかし》だ。何度愛し合っただろう？　四回？　それとも五回？　眠っているあいだに忘れてしまった。

「十時です」アルドが主人の問いに答える。「お邪魔はしたくなかったのですが、シニョール・クレッシーニからお電話があり、お話ししたいとのことでしたので」

「マテオから連絡が？」アルドがカーテンを開けるあいだにルカはガウンを着た。

アルドがうなずく。「大事なことだとおっしゃっていました」

アルドが出ていったあと、ヴァレンティナが枕から顔を上げて、においを嗅いだ。「うーん、コーヒーね」そうつぶやき、また枕に顔をうずめる。ルカはほほえんでポットに手を伸ばすと、マテオはなんの用があるのだろうと考えながら、二つのカップにコーヒーをついだ。

そうだ、いとこに連絡しなければ。ルカは彼の最大の顧客の浪費癖に片をつけた。当然、マテオも最新の情報を知りたいに違いない。

ルカは電話に手を伸ばしたところで考え直した。すでにオフィスに行く時間は過ぎている。それに差し迫った用件もないし、今日、彼の代理を喜んで務める者が誰もいないわけでもない。おまけに今は明るい秋の日差しが部屋に降りそそいでいる。九月の終わりなので、まだ気候も持ちこたえているが、じきに北からヨーロッパの冬の嵐の雲が下りてくるだろう。そして空は暗い灰色に変わり、ヴェネチアはおとぎの国から雨の降りしきる世界に変貌する。

そうなる前に、少し休みを取るべきかもしれない。ムラーノ島に行くのも、さほど時間はかからないし、一緒にいるところを写真に撮られるいい機会にもなる。そのあと遅いランチと長い午後のシエスタの時間もある。スペイン人ではないにしても、ルカがその習慣が好きな理由はたくさんある。昼間愛を交わせるのもその一つだ。そうすれば三十日分の夜が少し引き延ばせる。

だが、ヴァレンティナがずっと眠って過ごすのではだめだ。ルカは上掛けを引きはがし、あらわになったヒップをたたいた。美しい彼女の体を眺めていたい誘惑に負けそうになった。「起きるんだ、眠り姫。君のために計画を立てた」

ムラーノ島に行き、ルカのいとこのガラス工房を訪ねようと提案されたとき、ティナは心から喜べなかった。母親の浪費癖の原因となっただけに、ガラスはあまり魅力的とは思えない。それに、リリーがみずから買い物に取りつかれたのはたしかだが、彼女から屋敷《パラッツォ》を奪いたい金融業者と、欲しいものを供給するガラス工房の持ち主があおりたてたのも間違いないだろう。

髪をまとめ、リップグロスを塗りながら、ティナは考えた。それ以上に不安なのは、ルカと一緒に時間を――愛を交わしていない時間を過ごすことだ。夜、彼とベッドをともにするのとは違う。あれは感情抜きの取り決めだ。昼間もともにしたいのか、自分でもわからなかった。今日は一人きりの時間が欲しい。考えをまとめる時間が必要だ。

一歩下がって、二人の愛の行為について掘りさげ、夜までに〝無意味〟と書いた箱に入れてベッドの下に押し込むつもりだった。これは思っていたよりも難しいことだ。情熱的なルカと大嫌いなルカを切り離すのは楽ではない。それに、昼日中に彼のやさしい愛撫《あいぶ》や巧みな舌を思い出したくはなかった。

ところがルカは譲らなかった。どうして？　問題の現場に連れていき、リリーの厄介な状況を嘲笑《あざわら》いたいから？　でも、今となってはルカも、私が母親の愚行を気にかけているとは思っていないはずだ。

結局、ルカが我を通し、ティナは譲歩した。天気はいいし、空は真っ青だ。おまけに、着てほしいと訴えかけるすてきな花柄のサンドレスもある。せっかくヴェネチアにいるのだから、名所を見るのもいいのでは？

ティナが支度をすませたとき、ルカは書斎で電話をかけていた。そこで彼女は自分のノートパソコンを取り出し、椅子に座って父親宛のメールを書きあげようとした。彼はきっとここで何が起きているか不思議に思っているだろう。いつ帰国するかも伝える必要がある。邪悪なルカの魔の手から娘を救い出すために、父親がショットガンを持って地球を半周するなどということがないように、上手に説明しなければならない。

そう考えて、ティナはほほえんだ。スペースキーをたたきながら、父親がヴェネチアに来て、水に囲まれて暮らすところを想像しようとする。ティナが十歳のとき、父親に連れられてビーチで休暇を過ごした。広い砂浜は、岩だらけの断崖と荒波、はてしなく続く海に囲まれていた。父親は何日も海を見つめていた。ティナが何を見ているのかと尋ねると、彼はただ、かぶりを振ってこう言った。〝海だよ〟

思いがけず悲しみが泡のようにわきあがって、いつもの喪失の痛みを感じた。そのとき、またしてもスペースキーが反抗した。意味不明の言葉を書き連ね、ティナは悪態をついた。

「食べてしまいたいくらいすてきだ」

口の中がからからになり、ティナはごくりと唾をのんだ。ルカも昨夜のことを考えているのかしら？

頬の熱さが消えてくれるといいのにと願いながら、ゆっくりとノートパソコンを閉じた。ルカと目を合わせる勇気はなかった。「そこにいたなんて、気づかなかったわ」

「驚かないよ。君ががんがんたたいていたのはパソコンか、それとも煉瓦《れんが》なのか？」

「これでいいのよ」ティナはパソコンを置き、頬の赤い理由を尋ねられなくてよかったと思った。「いつものことだから。以前は普通に使えたんだけど」

ルカが近づき、ノートパソコンを取りあげて重さを確かめた。「何世紀も前のものじゃないか」

「問題ないわ」いやになるほど重いし、処理速度も遅いが、ときおりメールを送るくらいなら充分だ。

ルカはぶつぶつ言ってからパソコンを置いた。

「出かけられるかな、船が待っている」

混み合うヴェネチアの運河を過ぎると、水上タクシーの操舵手《そうだしゅ》はエンジンを全開にした。つややかな木製の船体は水面を割って、潟の上をはねるように進んでいく。

船内に入りたいかとルカに尋ねられたが、ティナはかぶりを振って断った。船尾に立っていると気分が高揚するし、髪をなびかせる風が気持ちいい。それに、景色は最高だ。水の上から見るヴェネチアはすばらしい。何もないはずの場所から、蜃気楼《しんきろう》のように建物が垂直にそびえている。

けれども、街は現実にある――隣に立っている男性が現実であるように。ティナは昨夜の愛の行為を思い出した。なぜ自分がここにいるのかを考えると、あれは残酷で破廉恥な現実だった。どこかに蜃気楼があるとしたら、二人が恋人同士のふりをすることのお芝居だ。

ルカは昨夜、私を手に入れるためにリリーの借金を利用したと言っていた。その後は二人のあいだで炎が燃えあがり、それが彼の言葉を裏付けたように思えた。けれども、今は理性がきちんとした説明を求めている。私はそんなに特別な女ではない。いったいどういうことなのだろう？

ルカがティナの肩に腕をまわした。ティナは彼を見あげた。「どうして私がここに？」言葉は風に流されていった。「今度こそ、本当の理由を教えて」

ルカの目は濃いサングラスに隠されていた。「ムラーノを見たくないのか?」

「違うわ」ルカがわざと誤解したのか、ティナにはわからなかった。「そういう意味じゃないの」

だが、ティナが説明する前に、ルカが前方を指さした。「ほら、もうすぐ着く」

船は速度を落とし、小さな桟橋に着いた。そこで男性が二人を待っていた。ティナにもそれが誰なのかわかった。いとこと聞いたが、兄弟でも通用するだろう。二人とも贅肉《ぜいにく》のないすらりとした体格で、とびきり見た目がいい。

「マテオ」桟橋に降りたつと、ルカが呼びかけた。彼と抱擁を交わしてからルカは振り返り、船を降りるティナに手を貸した。「こちらがヴァレンティナ・ヘンダーソン、リリーの娘だ」

マテオはにっこりすると、彼女の両頬にキスをしてうしろに下がった。ハンサムな顔には満面の笑みが浮かんでいる。「なるほど、リリーのお嬢さんか。だが、ずっと美しい。君もお母さんと同じように、ここのガラス製品に情熱を傾けているのかい?」

「いいえ」ティナはお世辞を無視した。「私はまったく興味がなくて」

「ヴァレンティナは……」ルカが彼女を見て、ほほえんだ。「ほかのことに情熱を傾けているんだ。そうだろう、ヴァレンティナ?」

ティナはいつか顔を赤らめることから卒業しようと誓いながら、正面に立っている二人の男性以外のものを見ようと努力した。

「行こう」マテオは冗談をおもしろがって、いとこの肩をたたいた。「それを変えられるかもしれない」

ティナは気を変えるつもりはなかった。案内された広い倉庫のような部屋には、燃え盛る炉が少なくとも四つあり、その熱で室内は暑かった。何をしているにしても、男性が働いている。そのときティナは天井のシャンデリアに気づいた。頭上の広い空間に、場違いなほど豪華なシャンデリアがいくつもぶらさがっている。つまり、ここが母親の飽くなき収集癖を刺激する場所なのだ。

「すまない」ルカが声をかけた。「いとこと話があるんだ。ここでしばらく待ってもらってもいいだろうか。ガラス職人たちが実演してくれるよ。きっと君も楽しめる」

ティナは眉を上げた。けれども、しばしのあいだルカから離れられるのはありがたい。段になった座席が設けられ、ふた組の家族連れが座って待っている。一列目に空きがあったので、ティナはそこに座ったが、すぐに後悔した。

彼女の傍らで、よちよち歩きの男の子が床に座っていた。母親は下の子にミルクをあげ、その向こうに父親がいる。ティナが腰を下ろすと、男の子が顔を上げた。目を大きく見開き、口をあんぐりと開けている。自分たちの場所にどうして入ってきたのだろうと思っているらしい。

ちょうどこのくらいの年齢だ。そう気づいて、ティナは胸のむかつきを覚えた。私たちの息子もこの子と同じくらいになっているはずだ。

彼女は顔をそむけた。席を立とうかとも考えたが、男の子の大きな瞳が磁石のように注意を引きつけた。濃い色の瞳。長いまつげ。

ティナは赤ん坊の目が開いたところを見た。その瞳も、この子のように濃い色だった。父親のように。

男の子は母親に目を向け、それからまたティナを見てまばたきした。彼女はなんとか胃のむかつきを抑えながら、弱々しくほほえんだ。必死に息子の育った姿を考えないようにしたが、それは無理だった。

生まれる前から、本を読み聞かせた。あの子も二歳になっているはずだ。元気いっぱいで、好奇心にあふれ、夢中で新しい世界を探検しているだろう。

この男の子はまさにそのとおりに生きている。ティナを見あげる顔は美しく、その表情は疑問符がたくさん浮かんでいた。そのとき、彼が両手で持っていたおもちゃのくまが床に落ちた。

無意識にティナは下に手を伸ばして、それを取りあげた。男の子がそれに気づき、怒りをあらわにした。わなわなと唇を震わせながら、こぶしを握って、短い腕を突き出した。

だが、それもティナがおもちゃを渡すまでだった。男の子はショックを受けたように見えたが、すぐに顔がほころび、笑みが浮かんだ。そして受け取ったテディベアをぎゅっと抱きしめた。

その笑顔に、ティナの心は壊れそうになった。どうにかおずおずとした笑みを返すと、自分の子ではない男の子から目をそらした。この子はあまりに多くを思い出させる。決して忘れることのない子宮の痛みまでも。

涙で目がちくちくする。ティナは目を上げて高い天井を見た。そこから下がるいくつもの派手でこれ見よがしな色のシャンデリアが、彼女を嘲笑った。ここに来なければよかった。

周囲があっと声をあげたので、ティナはガラス職人の一人に目を向けた。彼が持っている棒の先端には、溶けたガラスが揺れていた。炉から取り出したばかりで、赤に縁取られた白い色に燃えている。溶けて長く伸びた状態のそれを、職人が鈍器でたたいて短くした。棒が鋼の柵の上で何度も回転して冷やされる。職人はピンセット型の道具を使い、引っ張ったりつついたりした。

ティナはずっと見ていたが、心を奪われないと決めていた。男の子も今は父親の膝の上に座り、口を開けて夢中で見ている。

ティナは何もない膝の上で両手をきつく握り合わせた。やがてガラス職人の目的が明らかになった。

脚だ。彼は細くて長い脚を二本作っていた。丸い形から、さらに二本の脚ができた。ガラスを細工する職人の動きが熱を帯びた。ねじって首を作ったあとに、またつまむ。そのあと冷やしてできあがった。

それが何かわかったとき、ティナはあっと声をもらした。はねる馬がガラスから姿を現した。なびくたてがみと尻尾、口を開けて息を吸い込むようすは、実に生き生きしている。

ぱちんという音のあと、馬は棒から離れて、テーブルの上に置かれた。前脚を誇らしげに高く持ちあげ、後脚と尻尾でバランスよく立っている。ティナは誰よりも大きな音で拍手した。ガラスの温度が下がったあと、職人が彼女にそれを差し出した。

「美しいシニョリーナに」彼はお辞儀をしながら言った。ティナはまだ温かさの残る作品を手にしながら、まばたきをして涙を払いのけた。

「魔法みたい」両手の中で向きを変え、細かい細工に――小さな目や蹄《ひづめ》の形に驚嘆する。ガラスは光を受けてきらきら輝いていた。「あなたは本物の芸術家ね」

職人はお辞儀をすると、次の芸術作品に取りかかるために、炉のほうに戻った。

ティナは隣の家族を振り返り、母親にガラスの馬を差し出した。「どうぞ、受け取って」びっくりする女性の手に押しつける。「今日の記念として、あなたの坊やに」私からの贈り物を決して受け取ることができない小さな子の代わりに。

女性はほほえんでティナに礼を言い、夫はにっこりした。そして男の子はあの美しい目を見開いてティナを見あげている。

これ以上ここにいられない。ティナは逃げ出した。色とりどりのガラス砂の入った瓶が並ぶ棚に興味を引かれたふりをしながら、その場を離れた。家族に背を向け、腹部を両腕で押さえて痛みを鎮めようとした。泣き出さないよう必死だった。

「実演は楽しめたかい？」マテオの声が聞こえた。

「おみやげは気に入った？」

ティナは深く息を吸い込んでから振り向いた。顔に笑みを張りつけて、少しでも説得力があるように見えてほしいと願った。

「男の子にあげちゃったんだよ」ティナより先にガラス職人が答え、笑顔で家族を指し示した。彼らは今も顔を寄せ合って、馬を眺めている。

ルカが笑って、いとこの背中をたたいた。「彼女はガラス製品が好きじゃないと言っただろう」

マテオが肩をすくめたとき、別の部屋から腕に大きな花束を抱えた女性が駆け足で近づいてきた。マテオはそれを受け取り、彼女に礼を言った。

「届けてくれて感謝するよ」彼は花をルカに手渡した。「僕もじきに会いに行くと彼女に伝えてくれ」

その後、彼らはガラス工房をあとにした。別れを告げるとき、マテオはふたたびティナの両頬にキスをした。船の出発後、花は船内の長椅子に置かれた。

「誰に渡す花なの？」ルカが何も言わないので、ティナは好奇心を覚えて尋ねた。

彼はまっすぐ前を向いたままだった。「マテオの母親だ。今日は彼女の誕生日なんだが、彼は娘を病院に連れていくので、訪ねる時間がないんだ」

「どちらにお住まいなの？」

「あそこだ」ルカが壁に囲まれた島を指さし、今になってティナは、船がそちらに向かっているのだと気づいた。

彼女の体が震えた。「でも、あそこはたしか……」

「そうだ」ルカが陰鬱そうに言った。「サンミケーレ島――死者の島だ」

10

近づくにつれて、煉瓦《れんが》の壁が大きく迫ってきた。白い図柄の入った壁には、三つの鉄の門を備えるゴシック様式の入り口があった。壁の向こう側に糸杉と松の木が茂っている。それも陰鬱な雰囲気と不吉な予感を吹き飛ばすことはなかった。

ティナは身震いした。

「ここには前に来ているだろう」船着き場に船が着けられたとき、ルカが言った。

ティナはかぶりを振った。「いいえ。初めてよ」

ルカが眉をひそめた。「今、思い出したよ。君はエドゥアルドの葬儀に来なかった」

ティナはその声に非難を聞き取った。「間に合わなかったの。飛行機がエンジントラブルを起こして、途中でシドニーに引き返したから。私が着いたときには、すでに葬儀は終わっていて、リリーもある程度立ち直っていたわ。結局、エドゥアルドにお別れする機会が持てなかった」

言葉の真偽を見極めようとしているのか、ルカはじっとティナを見つめていた。やがて彼はうなずいた。「君がそうしたいなら、今すればいい。あるいは、船で待っていてもかまわない。墓地が好きじゃない人もいるから」

「そうね」この立派な門ほど不気味なものはないと思い、ティナは答えた。「あなたがかまわないなら、一緒に行きたいわ。エドゥアルドのことは好きだった。お墓にお参りしたいの」

ふたたびルカは、その言葉と、彼女について知っていることを比較して確かめているように見えた。それから無造作に肩をすくめた。「君がそうしたけ重々しい壁の内側に入ったティナは驚いた。手入れの行き届いた庭園が広がり、陰鬱な雰囲気は静謐《せいひつ》さに取って代わられた。通り過ぎる水上バス《ヴァポレット》のあえぐような音も厚い壁に阻まれているらしい。静寂を破るのは、鳥の歌声と砂利を踏む足音だけだ。あちこちに墓を掃除する人や、物思いにふけったようすで糸杉の木陰に座っている人が見える。

ルカが先に立って進み、大理石の智天使《ケルビム》や天使、供えたばかりの花が飾られた墓の列の前を通り過ぎた。どこもかしこも、色鮮やかな花であふれんばかりだ。

ルカはうやうやしげとも言える態度で腕に花束を抱えていた。花は男性を軟弱に見せるのかもしれないが、ルカは違うとティナは考えた。際立つ男らしさを強調するだけだ。大きな手なのに、それでいて花を持っているところはとてもやさしい。

きっと子供を抱くときもこんな感じなのだろう。私たちの子供が今も生きていたら、どうなっていただろうか？　父親になったと聞かされたら、ルカは喜んだ？　情熱の一夜があんなふうに終わっても、彼は子供に会いたがったかしら？　花を抱くようにやさしくあの手で我が子を抱いた？　あの子を愛することができたかしら？

ティナは息を吸い込むと、頭を振った。〝もしもこうだったら〟と考えても、意味がない。心の傷をさらにひどくするだけだ。

さまざまなガーデンハウスのあいだを抜けると、隙間なく墓の列が続く場所に出た。

「本当に美しいわ。墓地というより庭みたいね」

「家族が墓の手入れをしているからね」脇道に入りながらルカが言った。「このあたりは最近亡くなった人たちが眠っている。場所が限られているので、数年後には移されるんだ」

ティナはそんなことを何かで読んだのを思い出した。おそらくエドゥアルドが亡くなったころだろう。

「つまり、マテオのお母さまは最近亡くなったということ？」

「そう、二年前だ。だが、僕の一族にとって、場所は問題にならない」ルカは小さなネオクラシック様式の建物が集まる一角にティナを導いた。「ナポレオン時代にこの墓地が作られたときから、バルバリーゴ家の霊廟《れいびょう》はここにあるんだ」

まっさらな白い羊毛を思わせる色の大理石の霊廟が立っていた。ほかの霊廟よりもはるかに大きく、小さな礼拝堂といった感じだ。何世紀にも渡って、ルカの一族が富と力を持っていた証《あかし》なのだろう。祈りを捧《ささ》げる天使像が二体、まばたきもせず静かに入り口の門を見守っている。扉の両側に小さなペンシルパインの木が植えてあり、固い石の外観をやわらげていた。

ルカが鍵を取り出し扉を開けるあいだ、ティナが花を預かっていた。扉はきしみながら開き、ひんやりした空気が押し寄せてきた。ルカが蝋燭《ろうそく》に火を灯《とも》すと、暗い内部に金色の光がちらちら揺らめいた。

彼はティナから花束を受け取り、中に入る前に一瞬頭を下げた。

ティナは外で待っていた。ルカは早口のイタリア語で何かをつぶやいている。彼女はマテオの名前を聞き取った。ルカはマテオの母親に語りかけ、いとこからの言葉を伝えているのだ。

約束をきちんと守っている。

とても立派に。とても……意外だった。

それ以上は聞きたくなかった。ティナは深く息を吸い、その場を離れた。

庭園の中は穏やかで静かだった。日の光が木々のあいだからまだらの影を落とし、そよ風を受けて木の葉がさらさら鳴っている。ヴェネチア中心部の雑踏に比べて、あまりにも静かで人が少ない。ヴェネチアは驚くべき場所だ。こんな狭い地域なのに、思いがけない多くの顔があり、たくさんの宝物が隠されている。

ティナは新たに隠された宝物を発見した。天国への階段をのぼる子供の像がある墓石だ。その子の手には新しい花が結びつけてあり、ほほえむ天使が子供を見おろし、じっと待っている。ティナはひざまずいて冷たい石に手を触れた。幼くして亡くなったほかの子供を思うと、目に涙が込みあげる。

「君も墓参りをするか？」

ティナはまばたきして振り返った。頬にこぼれ落ちた涙をぬぐいながら、ルカの目に浮かぶ問いかけから逃れた。「ええ」

彼女はルカのあとから小さな部屋に入った。何年にも渡ってここに葬られた人々の名や祈りの言葉が壁面の銘板に記されている。

「ものすごく多いのね」ティナは名前の札の数の多さに圧倒されていた。一方の側の石の前に花が捧げられている。おそらくマテオの母親だろう。

「エドゥアルドはここだ」ルカが別の壁面の石を指さした。「最初の妻、アニェータが隣にいる」

ルカがいるせいで狭い空間がますます狭くなっている。ティナはエドゥアルドの墓に近づきながら、途中で花を買ってくればよかったと思った。

「あとは君の好きなように」ルカはそう言って、彼女の脇をすり抜けようとした。

彼を通そうと壁際に寄ったとき、ティナは間近にあった名前に気づいた。「あなたのおじいさまとおばあさま？」彼女が尋ねると、ルカが立ちどまった。

「両親だ」彼は表情を変えずに壁の下のほうを指さした。「祖父母はこの下にいる」

ルカは向きを変え、その場に残されたティナは、立ち去る彼のうしろ姿を見つめていた。ご両親？

それから銘板に目を戻し、記された日付を見た。二人は三十年近く前の同じ日に亡くなっている。ルカはそのころほんの二、三歳だったはず……。

数分後ティナが外に出たとき、ルカは冷ややかでよそよそしかった。サングラスをかけて、目を覆い隠している。「もう行けるかい？」そう言いながらも、すでに扉を閉めて鍵を錠前に差していた。

「ルカ」ティナは彼の腕に手を置いた。質のいい生地の下に、力強い筋肉を感じる。「ごめんなさい。ご両親を亡くしているなんて知らなかった」

「君のせいじゃない」ルカはきつく言い返した。

「でも、あなたはまだ小さかった。わかるわ、つらかったでしょうね」

ルカが腕をもぎ離した。「僕の何がわかるって？僕のつらさの何を知っているというんだ？」

ルカが歩きはじめ、ティナは深く鋭い喪失の痛みに切り裂かれた。「愛する人を亡くしたときのつらさはわかるわ。どんな気持ちか知っているの」

あなたが知りうる以上に。

「それはよかった」ルカはそう言って船に向かった。

帰宅すると、ティナ宛の箱がベッド脇のテーブルに置いてあった。「これは何？」ティナは尋ねた。

「私は何も頼んでいないけれど」

「箱を開けて確かめればいい」ルカはそっけなく言い返すと、バスルームに消えた。墓地を出てから彼が口にした初めての言葉だった。ルカは帰り道ずっと黙り込んでいたが、ティナは苦にならなかった。むしろありがたかった。彼はまた悪者の役柄に戻ったのだ。どんなやさしさを見せたとしても――うやうやしく花束を抱えるようすも、霊廟で静かに敬意を払う姿も、これで帳消しだ。

そのほうがいいと考えながら、ティナは箱を取りあげ、テープの端を見つけて引きはがした。蓋を開けると、また箱が出てきた。

まさか！

ルカが戻ってきた。ネクタイをはずしてシャツのボタンを中ほどまで開け、完璧な胸をちらりとのぞかせている。ティナは見ないように努力したが、うまくいかなかった。ルカが靴を脱ぎ捨てたとき、彼女は箱を思い出した。

「いったいこれはどういうこと？」

ルカは肩をすくめて、シャツを頭から脱いだ。

「新しいパソコンが必要だっただろう」

「私のパソコンに問題はないわ！」

「あれは恐竜みたいに大きくて古いじゃないか」

「恐竜はあなたのほうでしょう！」

ルカがズボンを脱ぎかけたところで動きをとめた。ティナは不本意ながら、欲望が押し寄せるのを感じた。彼が服を脱ぐ理由はほかにもあるはずだ。けれども、ティナの心は一つの理由からどうしても離れようとしなかった。「君は僕を原始人だと思っていたんじゃなかったのか」

「恐竜で、原始人なのよ」ティナは必死に彼の下着から目をそらし、声の震えを隠そうと努力した。「私にとっては同じだわ。どちらも先史時代のものでしょう」

「いや、同じじゃない」ルカは無造作に肩をすくめると、完璧な胸の筋肉を見せつけながらティナのほうに近づいてきた。「恐竜はゆっくりとのしのし歩き、動きが鈍い。原始人のほうがもっと楽しそうだ。棍棒《こんぼう》を持って、女を自分の洞穴に引っ張り込み、思うがままにみだらなことをする」

ルカが手を伸ばして、ティナの額に落ちた髪をうしろに撫《な》でつけて指に巻きつけた。ティナはごくりと唾をのみ込んだ。目の前に裸の男性がいては、理性的に考えるのは難しい。誇らしげに高まる場所がもう少しで触れそうだ。原始人は棍棒で嘲笑《あざわら》い、私の欲望をあおっている。「そのとおりね」ティナは言った。「あなたはまさに原始人らしくふるまっているもの」

ルカはにっこりすると、指に巻きつけたティナの髪をたぐり寄せて二人の唇を近づけた。「君がここにいる理由は一つだけじゃないな、ヴァレンティナ？　君だって楽しんでいるだろう？」

「いいえ」ティナがそう言うと、ルカは髪を引っ張り、さらに唇を近づけた。ティナは息をのんだ。「私は解放される日を指折り数えているの」

その言葉をまったく信じていないかのように、ルカがほほえんだ。「だったら、残りの日々を最大限に楽しむほうがよさそうだ」

二人の唇が重なった。執拗《しつよう》だが、それでいて甘く誘いかけるようなキスだった。やがてルカがようやく唇を離した。ティナは全身に彼のにおいと味を行き渡らせるためにふたたび息を吸い込んだ。

ルカがため息をついた。「一つ問題がある」

頭の中は欲望の厚い霧に覆われているのに、言葉の意味を理解するのは不可能だ。ティナは唇を湿して、彼の味を舌に感じた。「問題って？」

ルカは片手を彼女の胸にあてがうと、ドレスの上から重さを量るように持ちあげた。「君はずいぶん厚着している」

ティナは安堵《あんど》のため息をもらしそうになり、彼のキスに我を忘れた。彼女が抱える多くの問題の中で、これだけが簡単に解決できるものだった。

ルカが望んでいるのは短時間のセックスだと――激しく熱く、あっという間に終わるものとティナは思っていた。ところが、彼がしたのは愛を交わすことだった。まるでこわれやすい小さなガラスの馬であるかのように彼女を愛した。

ルカの手はゆるやかに熱く、唇は焼けつくようにやさしく、彼の舌は巧みに責めさいなむ道具となった。彼はそんな道具すべてを使って、ティナのまわりに絹の網を紡いで欲望をあおりたてた。奪い取られることも、嵐の渦に巻き込まれることもなく、ティナは頂点に達した。これは譲歩であり、告白だった。みずからを彼に明け渡していた。

ティナはあえぎながら横たわり、天井を見つめた。恐怖に目を見開いていた。

セックスは一つの行為だ。セックスなら対処できる。理論的に説明できるし、必要なら、金銭として考えられる。ベッドの下の箱に押し込み、自分と切り離せばいい。けれども、ルカに夢中になり、自分自身を与えると思うと、恐怖に襲われる。

こんなふうに感じるのは、これが単なるセックスではないからだ。変化しているのは、ルカのほうだった。船で気づかいを見せたり、新しいコンピューターを買ったりした――もちろん、ルカなら百万台だって買えるのはわかっている。けれども、彼が気にかけてくれたという事実が、ティナの心の奥深くに響いた。なぜなら、ルカはそんなことをする必要がないからだ。リリーに新しい住まいを用意する必要すらなかった。

ルカを嫌いになりたい。

嫌いでいなければならないのだ。

ティナは目を閉じ、無言で祈りの言葉を唱えた。自尊心を傷つけずに頭を高くもたげて、ここを立ち去るつもりなら、ルカを嫌う理由が必要だ。今こそ、かつてないほどに。

何日か休みを取るべきだ。ルカはベッドに横たわり、胃がぐうっと鳴るのを聞いていた。起きて、すぐにでもランチをとらなければならない――すっかりその気になる前に。だが、昼日中にベッドで過ごすのは、このうえなく退廃的だ。とくに、そこから出たくないもっともな理由があるときには。

ヴァレンティナのような理由が。

物憂げにルカは彼女の髪を撫で、やわらかな寝息に耳を傾けた。ヴァレンティナは絶え間なくしゃべったり、よかったかと尋ねたりしない。ルカは彼女のそんなところが好きだった。さらに好きなのは、狂喜の淵《ふち》からほうり出される瞬間の彼女の目を見ることだ。彼は片脚を動かして、体を少し離した。なんてことだ。考えただけで、また体が高まった。

もっとこういうことをするべきだ。

いや、それは可能だ。少なくとも来月なら。それに今月もまだ残っている。時間はたっぷりあるのだ。明日だってかまわない。明日といえば……。

「明日、君のお母さんとランチをとる予定だ」ルカは彼女に言った。「君も一緒に行くか?」

彼はヴァレンティナの体がこわばるのを感じた。警戒している。「どうしてあなたが母に会うの?」

「サインの必要な書類があるんだ。これで所有権移転が完了する。屋敷《パラッツォ》が僕のものに、アパートメントが君のお母さんのものになる」

「どうして私を連れていきたいの?」ヴァレンティナは胸の前でシーツをつかんだ。金色の瞳が好戦的な輝きを放っている。「私たち二人を前にして、自分がどんなに賢いか、見せびらかしたいの?」

ルカは目を見開いた。いったいどこからそんな考えが浮かんだんだ? 「君がお母さんに会いたいんじゃないかと思っただけだ」

「それはそうでしょう」ヴァレンティナはルカの体があらわになるのもかまわず、シーツを持ったままベッドから下りた。ルカがそれをつかんで引っ張ったので、彼女は中途で引きとめられた。

からまるシーツにとらわれ、ヴァレンティナの体がくるりとまわった。「あなたは欲しいものを手に入れ、私の母をだまして家から追い出した。どう見ティナはその後ルカの姿を見なかった。きっとオフィスに行ったのだろう。彼を責めることはできない。私はあんなふうに彼に食ってかかったのだから。けれども、やさしい愛の行為のあと――突然のプレゼントのあと、足元が揺らいだように感じられたのだ。ルカを悪者にしたかった。彼の書斎に乗り込み、我が身を差し出したときの怒りを呼び覚ます必要があった。

それなのに、ルカにあんなことを言って後悔している。彼を失望させたように感じている。落ち込み、テストに落第したかのような気分だ。どうかしている。

これではルカにどう思われているか、気にしているみたいだわ。リリーとの関係は、彼には関係ないことだ。でも、生きている母親と会いたいという胸を締めつけられるようなルカの告白は……。

ても……」彼女は手を振って部屋全体を指し示した。「ほかの家など必要ないのに。ひと月のベッドの相手も手に入れた。なぜならあなたが欲しいものだったから。何かのトロフィーみたいに、私たち二人が並んだところを見たいなんて、どうかしているわ」

「僕は君がお母さんに会いたいんじゃないかと思ったんだ」ルカは歯を食いしばった。「自分の母に墓地以外の場所で会えるなら、僕だったらすべてを投げ出しても惜しくないがね」

彼の目の前で、ヴァレンティナはくずおれそうに見えた。一瞬のうちに彼女の闘志は消滅した。「ルカ」消え入るような声で言い、ベッドのほうにわずかに近づいた。

「忘れてくれ」ルカはシーツを放した。「いずれにしても、どうにもならないことだ」

彼はバスルームに向かった。ベッドの中で退廃的な一日を過ごすのも、もう無理だ。

ルカをどう思おうと、先ほどの自分の言動を正当化しようと、ティナは母親との醜悪な関係が恥ずかしくなった。最後の数日の出来事を考えると、たしかに母親のところをあんなふうに飛び出したのも、しかたないと思う。それでも、ほとぼりが冷めた今、ヴェネチアにいるうちに、ほんの少しでも亀裂を修復するための努力をするべきかもしれない。

ティナは父親の言葉を――ヴェネチア行きを逃れようとしていた娘に言った言葉を思い出した。

〝彼女は今でもおまえのママなんだよ……おまえはその事実から逃れられない〟

たぶん父の言うとおりなのだ。そしてルカの言うとおりなのだ。私は努力すべきなのだろう。

私がヴェネチアにいるうちに。

まだ母親がいるという幸運に恵まれているうちに。

11

「じゃあ、彼と寝ているの？」

リリーに背を向けていたカルメラが、ティナのカップにコーヒーをつぎながら同情の笑みを向けた。

ティナは笑みを返した。とはいっても、今回の訪問はこれまでのところ、意外にもうまくいっていた。二人は天気や、今朝リリーが訪れた新しいアパートメントについて話した。そして何より驚いたのが、床に箱や薄紙が散らばり、母親がガラスの置物を選別していたことだ。地元のギャラリーで委託販売してもらうらしい。

つまり、これもまた一つの進歩なのだろう。〝処分〟の箱にはほとんど何も入っていないが、リリーは引っ越しを受け入れたのだから。

「ええ、リリー」ティナは認めた。これほどあけすけにセックスの相手について尋ねられる娘がどれだけいるのだろう。でも、真実を避けても意味がない。秘密でもなんでもないのだ。「ルカと寝ているわ」

リリーはふふんと笑うと、椅子にもたれた。喜んでいるのか、がっかりしたのかはわからない。たしかなのは、彼女が驚いていないことだ。「それで、今回はこの先どうかなると思っているの?」

これは簡単な質問だ。「ならないわ」

「ずいぶん確信があるみたいね」

「確信があるんだもの」

「ルカのほうはどうなの?」

「彼も同じよ。私たち、どちらも確信しているの。この件についてはほうっておいてくれる?」

「もちろんよ」リリーは受け皿にカップを置いた。

ティナはこの話題はこれで終わるのを願った。だが、そのとき母親がため息をついた。「でもね、男の人がチェリーをもうひと口かじりに戻ってくるというのは何か……強く相手に引きつけられているんじゃないかと思うのよ。つまり、アンコールを要求したんだから、間違いなく――」

「間違いなく、手軽な相手を求めているということよ。ほうっておいて、リリー。この先には何もないわ。今月末には帰国するのよ。ルカはここに残る」

ティナは肩をすくめた。「それでおしまい」

「ただ、もったいないって気がするのよ。どうしてこの取り決めをうまく利用しないのかわからないわ。結婚するのも悪くないでしょう」

ティナは額をこすった。どうしてリリーと会うときに限って頭痛が起きるのかしら?「私は結婚市場に出ているわけじゃないし」

「でも、もし何か起こりそうなら……」

「たとえばどんなこと? 妊娠という意味? その

つもりはないわ。同じ相手と二度もね。私もそこまでばかじゃないもの」

リリーは肩をすくめて立ちあがると、部屋を見まわした。「寄ってくれてありがとう。でも、仕事がまだ残っているのよ。シャンデリアを片付けるために、ルカが人をよこしてくれるんだけど、私の大事なガラス製品に手を触れてほしくないの。することが山ほどあって」彼女は娘を見た。その目に決意が光った。「手伝う気はないんでしょう？」

ティナは目をぱちくりさせた。母親が手伝いを望んだことに驚いたというより、大事なガラス製品への手伝いを望んだことに驚いた。「本気なの？　私はどれを残すか決めることはできないけど」

「あら、何を残すかは私が決めるのよ」リリーが薄紙の束を手渡した。「あなたは包むの」

ティナは知らず知らず笑っていた。忙しいわけでもないし、もしかしたら話をするいい機会かもしれない。今よりもおたがいのことを少しは理解できるかもしれない。「わかったわ」

二時間たっても〝処分〟の箱のものはあまり増えていなかった。サイドテーブル二つに手をつけただけだったが、リリーは部屋じゅうをきれいにしたように満足げなため息をついた。「そうねえ、これで今日一日分の仕事はすんだと思うわ」

ティナは部屋を見渡した。この分では、ここを片付けるだけでも半年はかかる。

「あら、いやだ」母親がガラスの置物を手渡した。「これは処分していいわ」

受け取ったとき、ティナの指先に奇妙な戦慄が走った。はねる馬だ。職人がガラス工房で作っていたものとよく似ている。「ルカが今朝、ムラーノ島に連れていってくれたの」ティナは馬を高く掲げて光に透かした。「そこでも、私たちが見ている前で、これを作っていたわ」

「これもそれと同じじゃないかしら。捨てたほうがいいかもしれないわね。誰も買わないでしょうから。ありふれたものよ」

ティナはもろいガラスの馬を持ったまま、大きな茶色の瞳の男の子を思った。馬と一緒に育ったはずの子を、歩くより先に馬に乗ったはずの子を思った。ティナの息子は自分の馬が持てたはずだった。

あの子にはそれがふさわしい。

「これ、もらってもいい？」

「もちろんいいわよ。でも、あなたはガラス製品が嫌いじゃなかった？」

「私がもらうんじゃないの」ティナはすでに薄紙を重ねて注意深く包んでいた。「これは……友達のためよ」

カルメラが飲み物をのせたトレイを持ってやってきたとき、ティナは母親に言いたかったこと、尋ねたかったことを思い出した。

「そうそう、ルカがムラーノのいとこから頼まれて、帰りにサンミケーレ島に寄ってお花を捧《ささ》げてきたの。私もエドゥアルドのお墓参りをしてきたわ」

「ああ、かわいそうなエドゥアルド」リリーは窓の外をせつなげに見つめ、ため息をついた。「あんなふうにこの世を去るなんて。彼が今も生きていれば、こんなありさまにはならなかったのに」

「彼のことが恋しい？」

「当然でしょう」リリーはむっとしたように答えた。「それに、私の年で新しい夫を探すのは、ほんとに難しいことなのよ。五十を超えると、楽じゃないわ」彼女は娘に向き直った。「だからこそ、チャンスがあるうちに生かしなさいと言っているの。あなたはまだ若いし、美人だわ。でもそれは長くは続かない。忘れないで」

ティナは思わず笑っていた。今は母親の助言など欲しくない。欲しいのは、墓地の島を訪れたあと、ずっと頭を離れないある疑問の答えだ。

「霊廟《れいびょう》を訪れたとき、ルカのご両親が亡くなっているのに気づいたの。なぜか彼は話したくないみたいだった。ご両親に何があったの？」

リリーは考え込んだようすでジンをひと口飲んだ。

「それは私がかかわる前のことだから。もう二十年も前のことじゃないかしら。もっと昔かもしれない。たしか船の事故か何かじゃなかったかしら。言うまでもなく、それがあったから、ルカは彼とアニェータのもとで暮らすようになったのよ」

ティナは耳をそばだてた。「彼はエドゥアルドと一緒に住んでいたの？　ここに？」

「二人に育てられたのよ。もちろん、ここに住んでいたわ。でも、私たちが結婚したころにはすでに独立していたから。エドゥアルドが言っていたけれど……」リリーはしばしためらい、遠くを見つめた。

「マテオの家族が彼を引き取ると申し出たんだけど、エドゥアルドとアニェータには子供がいなかったので、ルカはそちらに行くことになったの」

ティナは考え込んだ。新たな情報によって、さらに新たな疑問が生まれた。

つまり、ここはルカの自宅だったのだ。おばが亡くなる前、リリーが現れるずっと前に、彼はここにおじ夫婦と住んでいた。ルカがリリーを恨んでいるように思えたのはそのせいなの？　彼女がエドゥアルドと結婚して彼の相続財産を奪ったから？　だから、これほどまでに必死に取り戻そうとしているの？

いったい彼女はどこに行った？

ルカは大運河が見渡せるバルコニーに立ち、ヴァレンティナはどこに消えたのだろうと考えていた。たしかに、喧嘩《けんか》はした。だが、取り決めは今も生きている。ヴァレンティナはひと月という条件に合意した。しかも期間を決めたのは彼女なのだ。ルカは彼女のクローゼットをチェックした。バックパックは隅に置いてある。つまり、彼の不在を利用して、約束を反故《ほご》にしたわけでもなさそうだ。

とすると、彼女は今どこに？

観光？　単にどこかで鬱憤を晴らしているのか？

ルカはヴェネチアの生命線である大運河を見渡した。胸の不快感を意識しながら、通り過ぎるあらゆる水上バス《ヴァポレット》の上の顔に目を凝らす。彼女はあそこのどこかにいる。いるはずだ。

だが、どこに？

あれはルカがあんなふうにふるまった理由にはならないと考えながら、ティナは暗くなりはじめた細い道を急いでいた。彼の行動を説明する役には立つかもしれないけれど、やはり理由にはならない。家を取り戻すためにあそこまでするというのは……道理にかなっていない。

周囲の街灯がつきはじめた。ティナは暗くなりかけた空を見あげた。母のところにずいぶん長居してしまった。つまり、ルカの屋敷《パラッツォ》に戻るのが、思っていた以上に遅くなってしまったということだ。小さな馬はカルメラからもらった丈夫な買い物袋にしっかりと入れてある。

ティナが呼び鈴を鳴らすと、門がかちりと音をたてて開いた。玄関で彼女を出迎えたのはアルドではなく、ルカだった。

ティナはごくりと唾をのみ込んだ。あんな別れ方をしたあとだけに、彼が喜ぶとは思えなかった。それに、彼についてあんなことを知ったあとだけに、なんと言っていいかわからなかった。

「買い物に行っていたのか？」ルカはティナが持っていた買い物袋を見て尋ねた。「ずいぶん前に君が出かけたとアルドから聞いている」

「成り行きからリリーの片付けを手伝うことになったの。許可が必要だなんて知らなかったから――」

「ずっとお母さんのところにいたというのか?」

ティナは目を見開いて彼を見た。「ほかにリリーという名の知り合いがヴェネチアにいると思う?」

ルカはまぶたをなかば閉じ、彼女をさぐるように見ている。「これは驚いたな、ヴァレンティナ。君にはしょっちゅう驚かされる。かなり強硬に母親に会うことに反対していただろうに」

「どうしてそんなに驚くのかしら」ティナは顎を上げ、ルカの前をすり抜けようとした。「私たちはほとんど見ず知らずの他人でしょう。私のことなんてまったく知らないくせに」

「そうだろうか?」ルカはいきなりティナの手首をつかむと、わずかな動きで彼女の行く手を阻んだ。

「僕は君の目に炎を燃えあがらせる方法を知っている。舌をかすめるだけで、君の体を溶かすこともできる。君がどんなことを好むかも知っている。君のことをまったく知らないとは言えないんじゃないかな。どう思う、ヴァレンティナ?」

その言葉は彼のまなざしと同様に強烈だった。ティナの肌を焼き、体の芯まで熱くなる。

「ティナって呼んでもいいのよ」彼女はささやいた。なんとかして話題を変えたかった。「いちいちヴァレンティナと呼ぶ必要はないわ。私はティナでかまわないから」

ルカが目を見開いた――ゆっくりと、意図的に。

「どうして省略して呼ばなきゃならない? 正式な名前がこんなにみずみずしくて官能的だというのに。魅惑的な丘と谷間がたくさんあって、君の完璧な体のようじゃないか」

ティナは何も言えなかった。彼の強烈さを薄めたかったのに、うっかり十倍も濃くしてしまった。

「だめだ」ルカがキスを求めてティナを引き寄せた。その強引さは彼女を怒らせると同時に、足元から揺るがした。「僕にとってはティナではよくない」

その夜二人が夕食をとったのは、夜更けまで愛を交わしたあとだった。ルカの愛の行為を彩るのが怒りなのか安堵《あんど》なのか、ティナにはわからなかった。それがなんであれ、セックスが微妙に変わったのはたしかだった。

その後、ティナは眠れず、ベッドからすべり出た。広い客間に立って、大運河を見渡せる四枚の窓の向こうで水面に映る光を――休みなく続く社会の営みを見つめながら、思いにふけった。

いったい私に何が起きたのだろう？

私は三年前、ルカと一夜を過ごした。そしてその後は一度も彼に会っていなかった。また会いたいとは思わなかった。ところが、ルカとのセックスは、断ち切ったはずの麻薬のようだった。ふたたび経験したことで、欲求を満たすことが何より優先されるもとの場所に引き戻されてしまったのだ。

自分に正直になるなら、この三年間、私はまったく生きていなかった。あの完璧な一夜の――あっという間に最悪の様相を帯びた完璧な一夜のあとは、ただ存在していただけかもしれない。

かろうじて生き延びただけかもしれない。

ティナの懸念にもかかわらず、その後の二人は毎日を同じように過ごした。ティナは母親の引っ越しのために持ち物を仕分けした。ガラスの迷宮で一緒に働くあいだに、ようやく二人のあいだにある種のかぼそい絆《きずな》ができたように感じていた。

ルカとベッドをともにするようになったいきさつを思えば、母親を完全に許したわけではなかった。けれども正直なところ、その経験を楽しんでいないとも言いきれないのだ――少なくとも、多少は。

まあ、もしかしたら多少以上かも。ただのセックスだとティナは自分に言い聞かせた。あと何週間かすれば、私は故郷に帰り、すべてが遠い記憶となる。だったら、これが続くあいだは楽しめばいいのでは？

ティナがヴェネチアに着いてから、一週間がたっていた。早くもがらんとしたパラッツォに入ったとたん、リリーの声が聞こえた。矢継ぎ早のフランス語が上階から響き渡り、ティナは背を向けて逃げ出そうかと思った。だが、聞き取れたいくつかの言葉から、母親は怒っているのではなく、喜んでいるのだと気づいた。

「いったいどうなっているの？」ティナは疑わしげに階段を見あげて、カルメラに尋ねた。

家政婦はティナが脱いだジャケットを受け取り、ハンガーにかけた。「ギャラリーのオーナーと話しているんですよ。奥さまのガラス製品を委託販売する人です。きっといい話なんでしょうね」

まもなくリリーが足取りも軽く階段を下りてきた。目はきらきら輝き、五十代の女性というよりも女子学生のように見える。そのとき彼女がヘアスタイルを変えていたことにティナは気づいた。顔をやわらかく縁取る髪が、何歳か若く見せている。

「どうかしたの？」ティナは尋ねた。

「驚くわよ。アントニオはロンドンにコネがあるのよ。そこがヴェネチアングラスを展示していて、私が送れるものはすべて欲しいんですって」

「アントニオ？」

リリーが実に恥ずかしそうなそぶりをした。両手を胸の前で握り合わせている。「シニョール・ブルネリに決まっているじゃないの。販売をお願いしたギャラリーの人よ」

ティナは幸せそうな母親を見て、思わずほほえんでいた。「よかったわね、リリー」

「それだけじゃないの」母親の目はきらきら輝いていた。「彼が一緒にロンドンに来てほしいって言うのよ。ヴェネチア人とイギリス人の橋渡しを頼みたいそうよ。今夜ディナーに誘われているの。そのときに細かい話をつめるんだけれど、少なくともひと月は向こうにいることになりそう」リリーは深く息を吸い込み、周囲を見まわした。「とにかく、仕事に取りかかったほうがいいみたいね。これが全部片付いたら、本当に肩の荷が下りるわ」

肩の荷が下りる？ティナは不快な気分になった。私がヴェネチアに着いたときとは大違いだわ。私の肩の荷は？私にとっていいことは？

「引っ越しについては気にしていないの？私がここに来たばかりのときには、ルカに腹を立てていたでしょう。私やこの状況に――何もかも！どうして自分だけ幸せならいいと思うの？」

「私に幸せになってほしくないの？」

「もちろん幸せになってほしいわよ、リリー。ただ――」ティナはいらだって両手を振りあげた。「私は相変わらずルカから逃れられないのに、あなたのほうは何事もなかったように前に進んでいるみたいだから」

「ああ、ヴァレンティナ」リリーがため息をつく。「私に腹を立てないでちょうだい。ちょっと座って」彼女はティナを引っ張ってソファに座らせた。「あなたに言わなきゃならないことがあるの。言わなかったら、カルメラに叱られちゃうわ」

ティナは眉をひそめた。「なんなの？」

リリーはかぶりを振って、娘の手を取った。「私たちはずっと仲よしだったわけじゃないわ。でも、あなたがここに着いたとき、私の態度がひどかったのはよくわかっている。でも、私は怖くてたまらなかったのよ。ほかに頼れる人はいないし、ここからほうり出すとルカに脅され、私は信じたの。アパートメントを用意してくれるなんて知らなかった——彼はほのめかしもしなかったのよ」

ティナはうなずいた。「わかっているわ」どれほど二人が怖がっていたか、思い出したのはいいことだ。ルカは私たち二人を思うままに、情け容赦なく操った。ほんの少し前の出来事なのに、すっかり忘れてしまっている。「いいのよ」

「よくないわ。何も言わないで。これは私にとってとても大変なことなの。だから、ちゃんと聞いてもらうわよ。悪かったわ、私はあなたにとっていい母親じゃなかった。厄介事に巻き込んで、申し訳なく思っているの。でも、どうかこの私のささやかな幸せを恨まないで。男の人に対してこんな気持ちになったのはずいぶん久しぶりなのよ」

「それについては私も喜んでいるのよ、リリー。本当よ。でも、気をつけてね。その人とは会ったばかりなんでしょう?」

リリーはほほえんで肩をすくめると、ティナには見えない何かを見つめるように宙を見つめた。「それで充分なときもあるのよ。胸がどきどきして、彼こそその人だとわかるの」

「だったら、パパにもそう感じたの? エドゥアルドやハンスやアンリ・クロードのときにも?」

リリーはうなだれ、ため息をついた。「いいえ。恥ずかしいけれど、そうじゃないと認めるわ。過去は自慢できないけれど、今度は本物なのよ、ヴァレンティナ。わかるの。それに、私の望みは、あなたにも同じことが起きてほしいということ。そうなりそうにはないの? あなたとルカは——」

ティナは立ちあがった。「ないわ。まったくね」

「本当に? ルカは滞在を延ばしてほしいと言わなかった?」

「本当よ。それに彼は何も言わなかったわ。なぜなら、そんな気がないからよ。彼は途中で気を変えるような人じゃない。私も気を変えてほしいとは思わない。実際、今月の終わりが待ちきれないの。早くうちに帰って、パパに会いたいわ」

「でも、残念だわ。だって、あなたはあんな経験をしたわけでしょう。赤ちゃんを亡くしたとか――」

「彼は知らないのよ！」ティナは母親に赤ん坊のことを話さなければよかったと思った。「今後も知ることはないわ。彼が知っても意味がないもの。あれは……過去のことよ」

「でも、彼の過去でもあるのよ」

「今さら遅いわ」ティナは両手で髪を押さえて、ポニーテールをしっかりとまとめ、ばらばらになった考えをまとめた。そして、心とは裏腹の笑みを顔に張りつけた。「さあ、今日はどこから始めるの？」

「母をパラッツォから追い出すために、私を脅す必要なんてなかったんでしょう」

ルカとティナは夜遅くまで愛し合い、今は重なったスプーンのように寄り添って横たわっていた。情熱の高みに達した余韻に、体はざわめいている。

ルカがティナをさらに引き寄せると、彼女の肩に唇を押しつけた。「どういう意味だ？」

「あなたは、ギャラリーのオーナーのアントニオ・ブルネリをリリーの鼻先にぶらさげるだけでよかったのよ。そうすれば、彼女は一瞬のうちにあなたの望みどおりのことをしたでしょうから」

ルカは彼女の背後で動きをとめた。「リリーとアントニオ・ブルネリ？　そうなのか？」

「リリーはすでに彼に恋をしたと信じているわ。つまり、あなたはアントニオを紹介するだけで、すべての厄介事から解放されたのに」

ルカがゆっくりと息をつき、ティナの肌に暖かい空気が触れた。「そんなに簡単だとは知らなかったよ。気づいていたら、そうしていた」

　落胆を感じ、ティナはいらだった。そもそも私はここに来たくなかった。「そうすべきだったのよ」

「ああ」ルカがそっと言い、ティナの胸を温かな手でこのうえなくやさしく包み込んだ。「だが、それでは君を手に入れられなかった」

　ティナはぎゅっと目を閉じて、混乱する考えを整理しようとした。それでは私とセックスできなかったと彼は言っているのだ。それ以外の意味はない。最初からルカの意思ははっきりしていた。それ以外の意味があると想像するのはばかげている。

　同時に、深追いしなければよかったと思った。ルカが〝そうしていた〟と言った時点で、私が何も言わなければ、事態が違っていたらと心ひそかに願うこともなかった。そしてどうして自分がそう願うのか、その理由が知りたかった。

12

　ティナは腕時計を確かめてから、新しいノートパソコンを膝の上に引き寄せた。ルカからプレゼントされたときにはずいぶん抗議したけれど、これが持つ機能はかなり気に入った。父親と直接話ができるのもその一つだ。故郷では午後八時をまわったころだから、ミッチは仕事を終えて、書斎で娘の電話を待っているだろう。農場のようすを聞くのはいいことだ。自分がどこの生まれか、そしてヴェネチアの暮らしがいかに夢物語かを気づかせてくれる。

　父親の話では、羊毛の刈り取りも無事終わり、期待以上の出来だったらしい。ティナが売り上げを頭の中で計算していると、電話の向こうから女性の声が聞こえた。

「誰と一緒にいるの、パパ？　人が来ているなら、電話しなかったのに」

「ああ、いいんだ、ディアドリだから。それで、いつうちに帰ってくるんだ？」

「ディアドリ？　ディアドリ・ターナーなの？　でも、刈り取りは終わったはずよ。どうして彼女がまだそこにいるの？」

「彼女は……料理をしてくれているんだ。おまえが戻るまでのあいだだよ。で、いつ帰る？」

ディアドリ・ターナーは数年前、二十年連れ添った幼なじみの夫をトラクターの事故で亡くしている。彼女はほかの男性には目もくれなかったはずだ。けれども、今は違うのかもしれない。

ティナはほほえんだ。「本当に私に帰ってきてほしいの？」父親が答える前に言い添える。「心配しないで、パパ。時間はたっぷりあるから。帰る便が決まったら知らせるわ」

「ティナ、おまえがそっちに行ってもう三週間だ。今すぐ予約しなければ、チケットが取れないぞ」

熱い衝撃がティナの背筋を駆けおりた。

三週間？　まさか、そんなはずはない。きっとあと二週間くらいあるのでは？

だが、カレンダーを見て、父親の言うとおりだとわかった。あと八日しか残っていない。

八回の夜しか。

そして約束の期間が終了し、私は旅立てる。

「ティナ？　大丈夫か？」

彼女はまばたきして、父親との会話に注意を戻した。「ごめんなさい、パパ。そのとおりね。予約するわ。それから知らせるわね」

ティナは電話を切った。うろたえ、呆然《ぼうぜん》としていた。これほど時間の感覚を失っていたなんて。ヴェネチアに着いたときには、帰国するのが待ちきれなかった。でも今は、ここを去ると考えただけで、身を切られるようにつらく、むなしい気持ちになる。約束のひと月が終わりに近づいている。父の顔を見るのは楽しみだけれど、同時にヴェネチアを発《た》つと考えると……。

ルカと別れると思うと……。

ああ、だめよ。そんなふうに考えてはいけない。ずっと前から帰るつもりだった。私が期限を決めて、ルカが同意した。彼は私が帰ると思っている。どうやら私は美しいドレスで装い、ここで暮らすことに慣れてしまったようだ。実家に戻る便を予約し、父に再会するのがどれほどすてきか考えよう。予約してしまえば、気分もよくなるだろう。

きっとそうなるはずだ。

「今日、うちに帰る航空券を予約してきたわ」

ルカはキャビネットの前で二人のグラスにプロセッコをついでいたが、その手をとめた。今夜はこんなふうに進むはずではなかった。ポケットの中の装身具が、腹の中の砲丸のように重く感じられる。

「それで、いつ発つ?」

「一週間と一日後。席が取れてラッキーだったわ。一年でもこの時期は満席になるのが早いから」

〝ラッキー〟という言葉が、ルカの喉に引っかかった。そんなに急いで帰りたいのか? 彼女は二人で過ごす時間を楽しんでいるとばかり思っていた。ベッドにいる彼女がそんな印象を与えたのはたしかだ。

ルカはヴァレンティナを捨てる計画を立てていたが、彼女が滞在を延ばすと思っていた。そのときには、計画の実行も先延ばしにするつもりだった。だが、彼女が飛行機を予約したとなると、計画を進めなければならない。彼女は気晴らしを提供し、仕事の一日を忘れさせてくれたのに、実に残念だ。

ルカは飲み物をつぎ、振り返ってヴァレンティナにグラスを手渡した。「ずいぶん運がいい」彼女に向かってグラスを掲げる。「それなら乾杯しよう――僕たちの残りの日々に。有効に使おう」

ヴァレンティナは目を見開いてルカを見つめたままワインを飲んだ。琥珀《こはく》色の瞳は驚くほど表情がなく、グラスの中身のほうがきらめいているほどだった。ルカはふと考えた。ヴァレンティナは、僕が気を変えて、引きとめるとでも思っていたのだろうか。引きとめていたかもしれない。だが、もう違う。ヴァレンティナが先に行動を起こした今は。

「まず今夜から始めよう」ルカはグラスを置くと、ポケットに手を入れた。「君をびっくりさせることがあるんだ。今夜はオペラのチケットがある。それで、君にこれをつけてもらいたいんだが……」黒いベルベットの箱から琥珀のネックレスを取り出す。

ヴァレンティナの手の上にのせたとき、大きな琥珀のネックレスが金のように輝いた。

彼女の目が大きく見開かれた。「美しいわ」

「君の瞳の色と同じだ」ルカはそっとヴァレンティナに向こうを向かせ、宝石を彼女の首につけると、また振り向かせて確かめた。「完璧だ。これを見た瞬間、君にぴったりだとわかった。ほら、イヤリングもある」

ヴァレンティナはそれを片手で包んだ。「なくさないように気をつけるわ」

ルカは肩をすくめて、ワインに手を伸ばした。腹にあいた穴を埋めたかった……何かで。「君のものだ。さあ、三十分後にはここを出ないといけない。着替える時間だ」

ルカの思いがけないプレゼントに、ティナは平静を失った。首におさまる大きく重い宝石が、偽りの現実に彼女をつなぎとめている。

ティナは床から天井まで届く金箔《きんぱく》張りの額の鏡を

最後に一瞥《いちべつ》し、自分の姿を確認した。ヴェネチアで現実のものは一つもない。すべてが見た目とは違う。とくに私は。

エメラルド色のドレスを着て、喉元には琥珀のネックレスが輝いている。おとぎの世界から飛び出してきたように見える。まさに、すてきな王子さまに連れられて舞踏会に向かう現代のプリンセスだ。

そしてルカは彼女を待っていた。イタリアのデザイナーもののダークスーツを着た彼は、すらりとして力強く、男らしい。その姿を見たとたん、ティナの心臓が飛びはねた。

私は来週ここを発つ。

土埃《つちぼこり》の舞う羊と広大な茶色の土地に帰る。

ここを去ると考えただけで、心臓をつかまれ、胃をぎゅっと締めつけられるのはなぜ？　いったい私はどうしてしまったの？

「いいかい？」ルカの瞳には気づかいがあった。ティナは震えながら彼を見あげてほほえんだ。

「私、一度もオペラを見たことがないの」ティナは弁解した。「本物のオペラハウスに行って生で見るのは初めてよ」

「つまり、《椿姫《つばきひめ》》を見るのは初めてということか？」

ティナは二人の暮らしぶりと育った環境の違いをこれまで以上に意識した。「全然知らないわ」

「映画の『ムーラン・ルージュ』は見た？」

「それなら見たわ」

「だったら、ストーリーは知っていることになる。あれはオペラをもとにしているから」

「そうなの」ティナは思い出した。「ということは、悲しいストーリーなのね。サティーンが愛を見つけたときには、すでに手遅れだったなんて、あまりにかわいそうだと思ったわ。彼女に残された時間はなかった」

無頓着に、ルカは肩をすくめた。「人生は必ずしもハッピーエンドばかりじゃないからね。さあ」彼はティナの肩にショールをかけた。「行こう」

スクオーラ・グランデ・ディ・サン・ジョヴァンニ・エヴァンジェリスタのオペラハウスの入り口は狭い広場の内側にあった。夜の雰囲気にのまれてプロセッコを飲む派手な装いの人々のせいで、今夜はさらに狭くなっている。ルカが到着すると、誰もが振り返り、そのついでのようにティナを見た。そしてまるで〝彼女はまだここにいるのね〟というようにうなずき合う。

ルカが人込みをかきわけて、あちこちで立ちどまっては短く言葉を交わすあいだ、ティナはほほえんでいた。必ず品定めするような視線を感じたが、もはや気にならなかった。カメラのフラッシュにも、新聞に掲載される二人の写真にも慣れつつあった。

自分がいなくなったあとに何を言われようが、どうでもよかった。ただ、立ち去ることを考えると、また胃をつかまれるように感じた。

この夢のような暮らしを恋しく思うだろう。おしゃれを楽しみ、世界有数のすばらしい街の最高のレストランでワインを飲んだり、食事をしたりする生活がなつかしくなるだろう。

でも、それだけではない。

ルカを恋しく思うに違いない。

最初、ひと月が早く過ぎてほしいと思ったのを考えると不思議な気がする。あんなにここから逃げ出したかったのに。でも、これは真実だ。

ルカの熱いまなざしを、ベッドで隣に横たわる彼の体の温かさを、眠っているあいだもやさしく彼に抱きしめられるのを恋しく思うだろう。

愛し合う行為を恋しく思うはずだ。

もはやあれを〝ただのセックス〟と偽ってもしか

たがない。ただのセックスなら、箱につめてベッドの下に押し込むこともできた。けれども今や、あの行為はティナの多くの部分を占めている。

ルカが築五百年以上の建物の中に彼女を導いた。広い大理石の階段が一階のコンサートホールに続き、さらに二階まで通じていた。三階分の高さがある天井は、巨大な大理石の柱に支えられている。壁を埋めつくすのは金箔張りの額に縁取られたルネサンス絵画だ。聖人や天使や天上の場面が描かれている。

座席に向かう途中で、ティナは無意識に力を込めてルカの腕をつかんだ。足元の床が沈んだように感じられ、あわてたからだ。

「どうかした?」ティナの不安を感じ取り、ルカが尋ねた。

「大丈夫なの? この建物は安全なのかという意味だけれど」

するとルカが笑った。楽しげな低い声がティナの体の芯に響いた。「このオペラハウスは十三世紀からここにあるんだよ。あと二時間は大丈夫じゃないかな」彼はティナの手をぎゅっと握ると、顎をとらえて、思いがけず唇を触れ合わせた。「怖がらなくていい。僕が保証する。ここは安全だよ」

本当かしら? 息切れとめまいを感じながら、ティナは座席に導かれた。これは足元が揺れるせい? それともほかに何か理由があるの?

お願い、ほかの理由ではありませんように。

照明が暗くなると同時に、ざわめきが小さくなり、有名なオペラの幕が開いた。広いコンサートホールに音楽が天へと舞いあがって、美しいスタッコ細工の天使や智天使《ケルビム》に命を与えた。

出演者たちも最高だった。歌声が空間に広がった。死にゆく高級娼婦《しょうふ》ヴィオレッタの悲しい物語に引き込まれずにいるのは不可能だ。その一方で、ティナはいつも以上に隣のルカの体が気になってしかたなかった。二人の腿が接し、肩が触れ合った。

できる限りこの感触を味わいたい、記憶に焼きつけたいとティナは考えた。そうすれば、これから先の長い夜、思い出すことができるだろう。いずれヴェネチアとルカは遠い思い出になるのだから。

劇は進み、若い恋人たちはついに結ばれたが、家族の手で引き裂かれた。歌詞はイタリア語で、ところどころ聞き取れるだけだが、情熱は理解できたし、痛みと苦悩は感じ取れた。

ルカが私をここに連れてきて、このオペラを見せたとは、なんと皮肉なのだろう。これは不毛な愛に苦しみ、堕《お》ちていく女の物語だ。彼は何かの教訓を与えるつもりだったのかしら？　屋敷《パラッツォ》を出るときに言っていたように、人生は必ずしもハッピーエンドばかりではないと伝えたかった？

三幕も終わりに近づいた。気持ちの高揚と、あふれる幸せにもかかわらず、その先にあるのはヴィオレッタの死という悲劇だ。ティナは涙が込みあげるのを感じた。なぜこの話が深く心に響くのだろう。これはただの物語だ。それでいて、ヴィオレッタの実らない愛の悲劇が胸に響く。

どうして？

あと数日で解放され、故郷に戻るから。

私がヴィオレッタのような終わりを迎えることはない。そんなつもりはない。

それでもなお、ティナは自分が足を取られて、でこぼこの地面につまずくのを感じた。まっすぐ立とうとむなしい努力をしつつも、まさにヴィオレッタと同じ結末に向かって突進しているのだ。

「どう思った？」二人で立ちあがりながら、ルカが尋ねた。出演者たちのすばらしい演技に、観客は拍手喝采を送っている。「意味はわかったかい？」

ティナは涙ぐみ、鼻をくすんといわせてうなずくと、誰よりも熱を込めて拍手した。

よくわかったわ――あなたが知りえないほどに。

その夜、ティナは眠れず、ルカの穏やかな寝息とときおり通り過ぎる船の音を聞きながら横たわっていた。だが、どちらも彼女自身の心の苦悩によってかき消された。

とうとう眠るのをあきらめ、翡翠《ひすい》色のシルクのガウンを羽織ると、バルコニーの向こうの広い運河を見つめた。奇妙にも孤独で取り残された気分だった。オペラのせいだと自分に言い聞かせたが、それだけではないのはわかっている。これは心の奥深くから来るものだ。

そよ風でふくらんだ薄いカーテンが、ティナのまわりで広がった。この時期になると、夜もかなり冷え込む。雲が空を覆うことが多くなり、太陽や月をさえぎる。そして風は強まって、夏の終わりの香りを運んでくる。ティナは開いた窓の外に立ったまま、すべてを吸収しようとした。風景や音、においを心のアルバムにおさめたかった。そうすれば、故郷に戻ったとき、取り出してページをめくれるだろう。

来週だ。激しい苦痛に、息ができなくなった。あっという間に過ぎてしまう。

背後に気配を感じ、何かを引きちぎるような音が聞こえた。ティナは振り返ろうとした。

「うしろを見るな」ルカが命じた。

「何をしているの？」

「窓枠の中に立っている君を見たとき、しなければならないとわかったことだ」ルカの声の何かが野性的な興奮と甘美な期待を送り込んだ。ティナは暗い運河に目を戻した。「水と船を見ているんだぞ」

「お好きなように」背後からルカが近づくのを感じ、ティナの唇に笑みが浮かんだ。準備のととのった硬い部分を感じたとき、その笑みがさらに大きくなった。ああ、私はきっとこれが恋しくなるだろう。ティナはため息をもらすと、片手を伸ばしてカーテンを閉めようとした。

「そのままでいい」ルカが言った。「カーテンは開けておくんだ。両手はバルコニーに置いてくれ」

その意味は明白だった。「でも、無理よ……ここでは……バルコニーでなんて……船が……」

ルカがティナのうなじに唇を寄せ、キスをした。歯が肌をかすめ、もっとずっと下で燃えている炎をあおった。「そうだ。ここで、バルコニーでだ。船の通るところで」

ティナはあえいだ。「でも――」

「船を見て」ティナが振り返って言い返そうとすると、ルカが言った。ティナが振り返って言い返そうとすると、ルカが言った。彼は真うしろに立ち、ティナは冷たい大理石の手すりと、背後の熱い体にはさまれていた。また別の船がゆっくりと通り過ぎていく。

「彼らには僕たちは見えない」ガウンがふくらはぎをすべり、ルカの指先が膝の裏側をかすめたとき、ティナはひそやかな喜びに震えた。「誰かに見られたとしても、人の影にしか見えない。それも影は一つだ。二人が重なっているんだから」

船は消え、聞こえるのは陸地に打ち寄せる水音だけになった。空気がティナの脚に触れ、ルカの指はシルクのガウンをさらに高く持ちあげて、脚のあいだに達した。長い指が感じやすい場所にすべり込む。ほんの少しなぞられただけで、ティナの全身の神経がこらえきれずに叫び出した。

「君は美しい」ルカがティナの喉に向かってささやく。ルカの歯が肌をなぞり、彼の指がさらに奥深くへと入り込んだ。ティナにできるのは、バルコニーで倒れないように膝に力を入れることだけだった。

ずるいわ。私にこんなことをするなんて。ティナはそう思いながら、すすり泣くような声をもらしていた。手すりに身を乗り出すような姿勢にさせられるのを感じ、彼女の中心に硬い部分が押しつけられる。ティナは欲望の虜《とりこ》と化していた。純粋で単純な嘘《うそ》偽りない欲望だ。肺が酸素を必要とするように、ティナは彼を中に迎え入れることを必要としていた。太陽と月と空が必要なように、彼を包み込み、彼に包み込まれることが必要だった。

ルカはティナが必要とするものを与えた。なめらかな動きで彼女の中に突き進み、たった一つのもの以外、すべてを満たした。ティナの心のうずきを満たすものは何もないからだ。

あと数日で、私はここを去る。そう思うだけで耐えられない。ルカのもとを去るなんて。

ああ、助けて、とティナは思った。ルカは中で動き、ふたたび彼女をすばらしい場所へと連れていく。抑えていた涙がティナの頬を流れた。だが、それはただの欲望以上のものだった。

私は彼を愛している。

13

翌日生理が始まり、ティナは落胆した。これで最後の数日をともに楽しめなくなった。とはいえ、もちろんいい点もある。少なくとも今回は、故郷に戻ったときに想定外の結果に直面することはない。

だったら、どうしてそれをうれしく思えないのだろう？　意味がわからない。

バスルームの鏡に頭をもたせかけた。胸の奥深くになじみのある痛みを感じる。ヴェネチアに来てからずっと退けてきたしつこい疑問が、今になってまた頭をもたげた。

ルカに赤ちゃんのことを話すべき？

二度と彼に会わないと思っていたころは、その疑問も簡単に無視できた。ヴェネチアに着いたときには――たがいの怒りと取り決めが二人をつなぎとめていたときには、無視するのも難しくなかった。ルカに告げて過去を蒸し返すことになんの意味があるのかしら？ いったいなんのために？ あんな別れ方をしたのだ。言わなければならない義務もない。

けれども、ルカと過ごす最後の週になった今、ティナは考えていた。いつまでルカに言わずにいられるだろう――彼の子の名が記された墓がオーストラリアにあることを。

どうして黙っていられるだろう？ これが逆の立場なら、私だって知りたいと思うはず。私にも知る権利があると考えるのでは？

ティナはバスルームの鏡から離れると、寝室に入っていった。不思議なことに、恋をすると、まったくものの見方が変わってしまう。私はルカにすべてを知ってほしいと思っている。

ルカはショックを受けるだろうし、何も言わなかった私に怒りをぶつける権利もある。それでも、二人のあいだに秘密を持つのはいやだ――もうこれからは。私はあまりにも長いあいだ、この秘密を抱えて生きてきた。

私の愛については？ これもまた、歓迎されることはないはずだ。ルカはフライトの予約を取り消してくれと一度も言わなかったのだから。

この秘密なら守れる。もう一方の秘密を打ち明けるだけでも充分厄介なのだ。

ルカは書類に目を通し、大声で悪態をついた。アシスタントが駆け寄ってきた。「署名はすべてチェックしたと君が言っていただろう！」彼は怒鳴った。「一つ足りないと気づかなかったのか？」

アシスタントはあわてふためき、不手際がなんであれ、ただちに処理すると申し出た。ルカはその言葉を退けて、みずから書類を取りあげた。

「僕が行ってくる！」散歩するのも悪くない。今日は一日じゅう、ひどい気分だった。しかも、どうしてなのか理由がわからない。

いや、わかっている！

なんとしてもヴァレンティナを帰らせたくない。それが理由だ。昨夜バルコニーで、彼女は金色の蜂蜜のようにルカの腕の中でとろけた。そして彼は、絶対に彼女を放したくないと思った。だが、そうしなければならない。選択肢はないのだ。

ある意味、ルカは狼狽《ろうばい》するアシスタントに感謝していた。彼のおかげで怒りを発散できたのだ。

屋敷《パラッツォ》ではルカの雇った作業員たちがすでに作業にかかり、建物の支柱を立てて基礎から作り直している。そしてリリーはアパートメントの鍵を受け取った。だが、この書類のここにリリーの署名がなければ、ルカはパラッツォの法的な所有者になれない。

カルメラがルカをアパートメントに迎え入れ、客間に通した。そこで待っているあいだ、彼は部屋を歩きまわった。携帯電話が鳴ったので、発信者を確認してボタンを押した。「マテオ。そうだ《スィ》！」

マテオが今朝のインターネットのニュースでオペラに行ったルカとヴァレンティナの写真を見たと言ったので、ルカは不満の声をもらした。ヴァレンティナのことをわざわざ思い出させてもらう必要はない。ルカの計画がことのほか順調で、二人のロマンスが新聞に書きたてられ、バルバリーゴの花嫁の可能性について騒がれているにしても、だ。

「電話したのはそれが理由じゃない」マテオが先を続けた。「来週の金曜、君とヴァレンティナをディナーに招待したいので、都合をききたかったんだ」

「ああ、僕は大丈夫。だが、ヴァレンティナはそのころにはいない」

「いない？　どこに行くんだ？」

「故郷に帰る」

「残念だ。それで、いつこっちに戻ってくる？」

「戻らないよ」

「どうして？　僕は彼女がとても気に入った。君も身を固める潮時だろう、ルカ。彼女は君にお似合いだ」

ルカは声をあげて笑った。「やめてくれ、マテオ。僕は妻を探していない。少なくとも、ヴァレンティナのような女は」その理由を思い出そうとしたが、うまくいかなかったので、方針を変えた。「ただの遊びなんだ。それ以上のものじゃない。とにかく、そのとき彼女はヴェネチアにいない」

背後で上品な咳《せき》ばらいが聞こえ、ルカは振り返った。「私に会いにいらしたの？」リリーが片眉を吊《つ》りあげた。体の前で品よく両手を組んでいる。

ルカは電話を切ってポケットに入れると、反対のポケットから封筒を取り出した。「署名が必要な書類を持ってきたんです」言いながら、リリーはどのくらい聞いていたのだろうと考えた。「一箇所足りないところがあって」

「昨日ヴァレンティナと話したのよ」ルカが書類を近くのテーブルに置き、ペンを差し出したとき、リリーが口を開いた。「月曜に帰るそうじゃないの。その〝遊び〟というのはなんなの？」

「ヴァレンティナの話だなんて誰が言いましたか？　さあ、よければここに署名を……」

「私はさっきあなたが言ったことを聞いたのよ。いったい何をたくらんでいるの、ルカ？」

「いいから、署名してください」

「教えてちょうだい。もしあなたが私の娘を傷つけるつもりなら……」

「よりによって、あなたが気にかけているなんて僕が信じるとでも思っているんですか？　自分が引き起こした厄介事から逃れるために、娘をここまで呼び寄せたのはほかならぬあなたじゃないか。自分の都合さえよければ、娘だって売るんだろう？」

「罪を認めるわ。すべてね」リリーがあっさりと認め、ルカを驚かせた。「でも、この何週間かで、娘のことがわかってきたの。それに、あの娘《こ》が好きになったわ。とてもね。あの娘が行ってしまったら寂しいと思うくらいに。そんなことを頼める権利などないとわかっているけれど、あの娘が帰国しないですむならいいのにと思っているのよ」

この世はどうかしてしまったのだ！　何もかもが、ルカの思っていたようには進んでいない。すべてがあるべき姿ではないのだ。ヴァレンティナは去っていく。ルカはうれしいはずだった。これから喜びを感じるのだろう。肩の荷が下りたらすぐに。

だが、リリーも喜んでいるとばかり思っていた。新しい住まい、金、新しい男——ルカの知っているリリーなら、娘の存在などまったくといっていいほど必要としないはずだ。それなのに今、彼女は娘が去っていくと知って、心から嘆いている。

いったいどうなっているんだ？

「娘を傷つけないと約束して、ルカ」リリーが重く垂れ込める沈黙を破った。「お願い、約束して」

ヴァレンティナが去るという知らせ、女神のような女と過ごすオペラの夜とその後のすばらしい愛の行為、欠けていた署名——この二十四時間のいらだちが凝縮され、一つの激しい怒りに変わった。「約束などする気はない！」

「でも、あの娘が傷つけられるいわれはないわ。あの娘は何もしていないのよ——」

「あなたは彼女が何をしたか知らないんだ！　すべては彼女が招いたことだ！」

そしてヴァレンティナの母親がルカの目の前で牙をむいた。「あら、私に言わせれば、あの娘のしたことなど、取るに足りないわ。あなたのおかげで、を妊娠したと言っているのか？」

リリーが目に恐怖を浮かべて大きく見開いた。

「そんなことは言っていないわ」

ルカは背を向け、すでに立ち去ろうとしていた。

「ルカ、待って！　私の話を聞いて！」

いや、待てない。聞く気などなかった。この三週間、僕はあの女を自分の家に住まわせ、プリンセスさながらに扱い、意味ある存在であるかのように愛を交わした。そのあいだずっと、彼女は醜い秘密を抱えていたのだ。

そのあいだずっと、何も知らない僕を嘲笑《あざわら》っていたのだろうか？　ヴァレンティナは最悪の復讐《ふくしゅう》を果たしながら、優位に立っていると思い込む僕を見て、ほくそえんでいたのか？

今こそ真実をさぐり出さなければならない。ヴァレンティナが僕の子に何をしたかという真実を！


ひどい目にあったのを考えれば」

「いったい何を言っているんだ？　僕は彼女に最高の夜を与えたというのに！」

「どう見ても最低だったわよ！」

ルカのこめかみが脈打ち、警報を発した。「どういう意味だ？　何を言っている？」

リリーが手で口を押さえて、かぶりを振った。

「ごめんなさい。言うべきじゃなかった。あなたが知らないなら、それなりの理由があるんでしょう」

知らない理由？　何を知らないというんだ？

彼女をどんなひどい目にあわせた？

なぜ知らされなかった？　もしかすると……。

耳の奥で血がどくどくと流れている。ドラムの音が戦いの開始を、行動を起こせと命じていた。心臓が轟《とどろ》き、たった一つの答えを導き出したとき、ルカはひどく気分が悪くなった。

「あなたはヴァレンティナが妊娠したと――僕の子

14

ルカは窓辺でノートパソコンのキーを一心にたたくヴァレンティナを見つけた。髪はゆるやかに流れ、顔の周囲で毛先が躍っている。シャーベットカラーの服を着ている姿は無垢《むく》そのものだ。

無垢？　まさか。

彼はうなりたくなった。一度はだまされたかもしれないが、今度は違う。もうその手は食わない。

ルカが近づくと、ヴァレンティナは目を上げて、彼が見たことのないほどすばらしい笑みで顔を輝かせた。だが、すぐに目をしばたたかせ、眉をひそめた。パソコンを脇のクッションに置いたまま、彼女は体を起こした。「どうしたの、ルカ？　こんなに早く帰ってくるなんて」

「今までずっと……」ルカは息を吸い込んだ。きちんと順序立てて話をするために時間稼ぎをしたかった。すでに多すぎるほどの言葉が列を作り、発射されるのを待っている。「君にこんなまねができるとは思ってもみなかった」彼は新しいヴァレンティナを見ながら、かぶりを振った。かつては女神と思ったが、本性は悪意に満ちた執念深い最低の女だったのだ。「いつ僕に話すつもりだった？　それとも、ささいな汚れた秘密だったのか？」

ヴァレンティナの顔から血の気が引き、うしろめたそうな表情が広がった。「ルカ？」彼女の唇が痛ましげにささやいた彼の名は告白のように聞こえた。

ルカは首を振った。こめかみで血管が脈打っている。戦いの合図だ。その音が彼の声を消してしまったが、やがて空気に逆らって、かすれた言葉が出てきた。「否定しようともしないのか！」

ヴァレンティナは手で口を押さえていた。否定すればいい。それが証拠だ。

「ルカ」彼女が口に手を当てたまま懇願したとき、涙が落ちはじめた。ルカは動じなかった。当然、涙を見せるだろう。それは想定ずみだ。

「いつまでだ？」彼はつめ寄った。「いつまで黙っているつもりだった？」

「誰から聞いたの？　リリーなの？」

その言葉に、ルカは予想以上に気分が悪くなった。ヴァレンティナの告白に胸がむかついた。気づいていなかったが、ルカは心ひそかに否定の言葉を望んでいた。だが、それはかなわなかったのだ。彼女がそんなまねをしたのだと思うと、胸が悪くなる。

「問題はそこなのか？」もう一秒たりとも彼女を見ていられない。ルカは背を向けると、頭をかきむしりながら部屋を歩きまわった。それからぱっと振り返る。「どうして言わなかった？」

ヴァレンティナは身の置き場がないように見えた。何が間違っていたのかわからないというようすだ。どう見ても有罪だ。

「話すつもりだったのよ！」

「嘘《うそ》を言うな！」

「本当よ！」ヴァレンティナがソファから立ちあがって、ルカの腕をつかんだ。「ルカ、私を信じて。話すつもりだったのよ。たしかに、以前はそんなつもりはなかった。でも、今朝、あなたにも伝えるべきだと考えて決心したの」

「今朝か！　なんと都合がいい！　ほかの人間が先に実行に移したのは、実に残念だな」ルカは彼女の手を振り払った。「君みたいな者に手を触れられたくない。あんな仕打ちをされたんだからな」

ヴァレンティナが呆然《ぼうぜん》と彼を見た。大きな金色のまやかしの瞳だ。「でも、知りたくなかったでしょう？　私が妊娠したなんて、知りたくなかったはずよ。あんな別れ方をしたのよ」

ルカは嫌悪もあらわに彼女を見おろした。「少なくとも、僕たちの子供がどんな目にあわされたかについて、ひと言ぐらい言いたかったよ。せめてそのくらいの権利はあると思わないか？」

醜い言葉に衝撃を受け、ティナは呆然とルカを見つめた。非難されているのは一つのことだと――子供について彼に知らせなかったことだと思っていた。だが、その口論も足元の地面のように揺らいでいる。ルカは私を責めている……いったい何を？

「何を言っているの？　私の何を責めているの？」

「わからないふりをするな！　自分が何をしたかわかっているだろう。僕の子供を殺したんだ！」

時計がとまり、まったく見当違いの申し立てが海岸に寄せる波のようにティナに襲いかかった。

「違う」ティナはつぶやいた。ショックのあまり放心状態にあった。「違うの。そんなんじゃないわ」

「君自身が認めたんだぞ！」

「違うわ！　私たちの赤ちゃんは死んだのよ」

「君がそうしたからだろう！」

「違う！　私は何もしていないわ！　たしかに、赤ちゃんのことは黙っていた。でも、私は何も――」

「信じられない、ヴァレンティナ。信じられたら、と思う。だが、今日言うつもりだったと嘘をついた時点で、君は破滅した。君は一度も僕に言おうとしなかった。もともと言うつもりなどなかったんだ」

「ルカ、聞いて。あなたは誤解しているわ」

「そうかな？　自分が呪わしいよ。君みたいな女をまた自分のベッドに迎え入れたんだから。今度も最初のときの同じことをするかもしれないのに」

「私は流産したのよ！　赤ちゃんは死んでしまったけれど、私は何もしていない。どうして話を聞いてくれないの？」

「流産？　君の故郷ではそう呼ぶのか？」

「ルカ、こんなことはやめて。お願いだからやめてちょうだい。私にそんなまねはできないわ！」

だが、暗い瞳は冷ややかに見おろすだけだった。底知れぬ二つの深い穴に、判事と陪審員、死刑執行人が居合わせていた。「だったら、なぜ君はした？」

そしてティナはその場に出せる切り札は一枚しかないとわかった。

「あなたを愛しているわ」ルカのどこかに届けばいいと願って言った。彼の心のどんな小さなかけらでもいいから、この訴えに耳を傾けてほしい。

ルカがどんな反応を見せるかはわからなかった。不信か、嫌悪か、無関心か。ティナは最悪を予測して身構えた。

だが、想像以上に悪かった。ルカは大笑いした。頭をのけぞらせて、声をあげて笑ったのだ。屋敷《パラッツオ》じゅうに響き渡るほどの声だった。

「完璧だ」笑いの発作がおさまると、ルカが言った。

「非の打ちどころがない」

「ルカ？　わけがわからないわ。何がそんなにおかしいの？」

「そうなるはずだったからだ。わからないか？　君が僕を愛するようになるのも計画の一部なんだよ」

冷たい戦慄が背筋を伝いおり、ティナは身をこわばらせた。「計画？　計画ってなんなの？」

「まだわからないのか？　なぜ僕がここに君を呼んだと思っている？」

「母親の借りを返すためでしょう。仰向けになることで。あなたのベッドで」

「だが、借りは彼女の借金だけではない」ルカはなかばうなるように言った。「君の借りもあったんだ。君のように、僕を踏みつけにして去った者は一人もいないからだ。一人もだ」

「すべては、私があなたをひっぱたいて出ていったからだというの？」ティナは信じられなかった。

「仕返しするために、こんな手間をかけたの?」

「言わせてもらうと、リリーに金を使わせるのは手間でもなんでもなかったよ」

「どうしてなの?」ティナはこぶしを握りしめた。喉が締めつけられたが、絶対に泣きたくなかった。

「どうして私の愛が欲しかったの? それがあなたの言う計画に、どうかかわってくるの?」

「ああ、そこが最高の部分なんだ。君が僕を愛してしまったら、君を捨てるのがもっと楽しくなる」

「でも、どうして? 私はどのみち帰るのよ」

「君が飛行機に乗るまで僕が待つとでも思っているのか? とんでもない。君の本性がわかった今は、喜んで君を送り出すよ」ルカは息を吸い込んだ。

「僕はなんとばかだったんだろう。あんなことができた君をふたたび人生に招き入れようとしたとはね。今度は何が望みだった? 同じことを繰り返す? その腹の中にまた子供を抱えて故郷に戻るのか? その子を使ってもう一度醜い復讐《ふくしゅう》を果たすのか?」

非難の言葉がティナを激しく鞭《むち》打った。それは彼女を痛めつけ、心まで引き裂いた。もはや言うべき言葉も、するべきこともない。ただこの男性への不毛な愛の重さが、ティナをヴェネチアの運河の底に沈めた。救われる手立てがないのはわかっていた。

「もう行くわね、ルカ。あなたがそう望んでいるのははっきりしているし、私もここにいたくないから、荷造りしてすぐにここを出ていくわ。あなたの計画どおりに捨てられた自分自身について考えるの」ティナは顔をしっかりと上げてドアに向かい、途中で振り返った。「私たちの子供について、もう一つ言わなければならないことがあったわ。よければ私の前科に付け加えてちょうだい。彼の名はレオよ」

ルカは檻《おり》の中のライオンよろしく、パラッツォを歩きまわった。寝室をうろうろし、愛を交わした窓辺を通り過ぎ、外に出た。ヴェネチアの通りを歩いて、改築中のエドゥアルドの古いパラッツォの前まで行った。そこでは土木技師や建設業者が忙しく働いていた。それから引き返したが、なおもヴァレンティナを心の中から追い払えなかった。

彼女は行ってしまったというのに。

だが、僕が望んだとおりになった。そうだろう？　今だって彼女が出ていってよかったと思っている。あんな仕打ちをされたのだから当然だ。

だったらどうして彼女がいなくなった今も、満足できないでいる？　なぜこんなにみじめなんだ？

いまいましい女だ！　ルカはヴァレンティナにずっといてほしいと思うところだったのだ。裏切りを知る前、彼女は自分にとって意味のある存在だと、もう少しで信じそうになった。

ルカは書斎に戻り、不在のあいだにデスクに置かれた書類を見た。彼が頼んでいたものだ。ファイルにはある名前がつけられていた。

レオ・ヘンダーソン・バルバリーゴ。

なぜこの名を見て背筋に戦慄が走るのだろう？　ルカはファイルを開き、ずっと胸のむかつきがおさまらなかった理由に思い当たった。

彼とヴァレンティナがわかち合ったあの夜の愛の行為が子供をもたらしたのは事実だった。

息子を。

その子が死んでしまったのも事実だ。

二人の息子だ。

だが、ヴァレンティナが中絶したからではない。ルカは不当に彼女を非難したのだ。

ヴァレンティナは真実を語っていた。

ああ、なんということをしてしまったのか？

そしてルカは神に祈った。これを償うのが遅すぎることにはならないようにと。

15

一般の旅客機には乗り継ぎが必要なことを考えると、チャーター機ならヴァレンティナに追いつく可能性も高くなるとルカは考えた。チャーター機と高性能の車、そしてニューサウスウェールズ州のジュニーという場所にセットしたカーナビがあれば、運がよければ彼女に追いつけるだろう。

そういうわけでルカは〝マグパイ・スプリングス〟と記された門に着き、牛の囲いに沿って車を走らせたとき、やったぞ、じきに彼女に会える、と思った。すべてを償うチャンスは目の前だ。

羊を追い散らしながら、がたがたの未舗装の道をたどるうちに、疑問がわいてきた。いったいどこに家があるのだろう。道を間違えたのか？　だがカーブをまわったところで、日陰を作る老木の林のそばに家があった。

ルカは土埃《つちぼこり》を吹きあげながらBMWをとめると、車から降りた。遠く離れた世界の果てで、青い空の広さをかつてないほど意識させられる。太陽光線はこれからの熱波を予想させ、ルカにとっては十月というより四月の気候だった。

網戸のドアが開き、男性が出てきた。自然にドアがばたんと閉まった。日にさらされた肌の痩せた背の高い男性は、足をとめて新顔を品定めした。そのまなざしは何一つ見逃さない。ルカは〝彼女の父親だ〟と推察した。「シニョール――ミスター・ヘンダーソンですか？」

「君は私のティナが話していたルカという男か？」

ルカはなじみのない不安に突き刺されるのを感じた。彼女は何を話したんだ？

「そうです」ルカは礼儀正しく名乗りながら手を差し出した。

相手はさらに厳しい視線を向けてから、ルカの手を握った。肉体労働で固くなった手で、上腕はルカよりも肌の色が濃い。だが、日焼けしているのは、肘と肩のあいだのシャツの袖のあたりまでだった。

「ヴァレンティナに会いに来たんです」

年上の男性は同じ目の高さからルカを見据えた。おかげでルカはまぎれもない親子の共通点に気づいた――琥珀《こはく》色の瞳だ。娘よりも濃い、カラメルのような色だが、それでもヴァレンティナの瞳だった。

「たとえ私が会わせたいと思っても」ヴァレンティナの父親は物憂げな口調で言った。「娘はここにいない。タイミングが悪かったようだ」

パニックがルカの胸を締めつけた。彼はヴァレンティナを追って、やみくもにオーストラリアまで飛んできた。まさか彼女がどこかほかの場所へ行ってしまうとは想像もしなかった。「彼女はどこに行ったんです?」

ヴァレンティナの父親はしばし考え込み、ルカはじわじわと拷問されている気分になった。「シドニーだ」ようやく父親が答えた。「二時間ほど前に。だが、行き先も理由も言わなかった。ただとても大事なことだと言っただけで」

ルカには行き先がわかったし、その理由もわかりすぎるほどわかった。

「彼女を捜さなければ」ルカは早くも背を向け、車に戻りかけた。二時間前だとすると、また彼女を逃してしまうかも……。

「その前に……」ルカの背後で声がした。

「なんです?」

「ティナはここに戻ってきたとき、ひどいありさまだった。私があのバスに乗るのを許したのは、あの娘《こ》がどうしても譲らなかったからだ」父親はそこで一瞬ためらい、緊張状態が長引いた。「もうあんなひどい状態であの子を送り返さないでくれるな?」

ルカは理解し、うなずいた。今の言葉は明らかな脅しだった。次は許さないという意味だ。「何も保証はできませんが、ベストを尽くします」それからこの人物に借りがあったのを思い出した。借金で首がまわらなくなったリリーのために土地を差し出そうとしたのだから。「僕はお嬢さんを愛しています、シニョール・ヘンダーソン」ルカはその言葉の真実に自分でも驚いた。「彼女と結婚したいんです」

「そうか」ヴァレンティナの父親はひげの生えた顎をかいた。「だったら、君があの子を見つけたとき、あの娘もそれを望むことを祈ろう」

墓地は青い海と水平線が見渡せる崖の上の高い丘にあった。眼下の岩に打ち寄せる波が白く泡立っている。今日は海が荒れ、岩肌にたたきつける波が大きくはね返っている。強い風を受けて、ティナの髪と服ははためいた。

ティナは砕け散る波に顔を向け、空気と海と塩の香りを吸い込んだ。子供のころ、休暇をこの地で過ごしたときから、ここでこうするのが好きだった。親子で崖の上の遊歩道をのんびり歩いた日、父親ははてしない海に驚嘆していた。

そのあとは墓地を抜けて、どこまでも続く小道をたどりながら、墓石からこの土地の歴史を読み取った。今のティナにとって、ここは風光明媚《めいび》な墓地というだけではない。そして高い鉄の門のあいだからヴェネチアが見える墓地を思い出した。

古い墓石のあいだの小道を通って、新しい区画へと向かった。そこは墓石もきれいで、花も新しい。

目的の場所にたどり着き、ティナはいつもの信じられない思いに——いつもの苦痛に襲われた。簡素なハート形の墓石の下に、かわいい我が子が眠っている。周囲にはやはり簡素な透かし模様の鉄の囲いがめぐらしてあった。

かもめの鳴き声と崖に打ち寄せる波の音を背にして、ティナはひざまずいた。「こんにちは、レオ」彼女は小声で言った。「ママよ」声がかすれてしまい、先を続ける前に言葉を切って息を吸い込んだ。「プレゼントを持ってきたの」そして緩衝材と薄紙を注意深くはがして、小さなプレゼントを取り出した。「お馬さんよ」ガラスの馬を日の光にかざして、指紋の汚れを確かめる。「ヴェネチアから持ってきたの。ひと握りの砂から作り出すところを見たわ」

ティナは墓石の前の芝生に馬をそっと置いた。

「ああ、あなたにも見てもらいたかったわ、レオ。魔法みたいだった。棒をまわすと、ガラスが形になるのよ。すごく上手なの。きっとあなたも夢中になると思ったわ。それに、あなたにもこんな馬をあげたいとどんなに思ったか」

ルカは遠くからヴァレンティナを見つめていた。ふたたび彼女が消えてしまう前に声をかけたかった。だが、彼女はひざまずいた。ルカにはその理由がわかった。

息子の墓なのだ。

ヴァレンティナの唇が動き、手を動かしているのが見えた。日の光を受けてガラスがきらりと輝いたとき、ルカは食いしばった歯のあいだから息をもらした。無意識のうちに足が前に出ていた。

砂利を踏みしめる音に、ヴァレンティナが一瞬間を置いてから彼のほうを一瞥《いちべつ》した。そしてもう一度しっかりと見た。ショックで彼女の目が見開かれた。顔は血の気を失っている。

「やあ、ヴァレンティナ」ルカはかすれた声で言った。「僕の息子に会いに来たんだ」

彼が突然現れたショックのせいか、言うことがないのか、ヴァレンティナは何も答えなかった。ルカは墓石を――簡潔な言葉を見つめた。

そこには〝レオ・ヘンダーソン・バルバリーゴ〟とあり、日付の下に〝天に召されたもう一人の天使〟と記されている。

すでに知っていたとはいえ、それがルカの胸に突き刺さった。「僕の名前をあげたんだね」

「あなたの息子でもあるから」

ルカはひざまずき、失ったものへの思いから涙が落ちるのを感じた。

ヴァレンティナは何も言わず、何もしなかった。だが、ようやくルカが目を上げたとき、彼女の頬にも涙が流れていた。

「どうして言ってくれなかった？」ルカの心の奥深くから絞り出されたその言葉は、今もなお非難の響きがあった。

「言うつもりだったのよ」ヴァレンティナが張りつめた声で言った。「この子が生まれた時点で」彼女は悲しげにかぶりを振った。「でもそのあと、言っても意味がないように思えたの」彼女は肩をすくめた。そのぎこちない動きに苦痛が見えた。ルカもまた罪悪感の重みから、自分がぎこちなく感じられた。

「ヴェネチアで僕はひどいことを言った。ひどいことをしたと言って君を責めた」

「ショックを受けたからでしょう。あなたは知らなかったんですもの」

「お願いだ、ヴァレンティナ。僕のために弁解する必要はないんだ。僕は聞こうとしなかった。君は説明しようとしていたのに、僕は耳を傾けなかった。聞きたくなかった。あれは許されないことだ」ルカはかぶりを振った。「僕たちの息子があまりにも早くこの世を去ったのはわかった。残りを教えてくれるかい？　何が起きたか聞かせてほしい」

ヴァレンティナは目をしばたたき、天を仰ぐと、片手で頬をぬぐった。「たいして話すことはないのよ。すべてが予定どおりで、順調だった。でも、二十週目を過ぎたころに痛みが始まったの。食べたものが悪かったせいだと――すぐ治るだろうと思ったわ。でも、だんだんひどくなって、出血があったの。ものすごく怖かった。先生たちも手を尽くしてくれたけれど、出産が始まってしまったの」彼女は膝の上で両のこぶしを握りしめ、目をぎゅっと閉じた。

「とめようにもとめられなかった」

「ヴァレンティナ……」

「あの子は生まれるのが早すぎたの。あまりにも小さかった。でも、心臓は動いていたし、息はしていたのよ。それに、目を開いて私を見あげたの」

ヴァレンティナがほほえみ、ルカを見あげた。彼女の目から涙があふれ出した。

「彼は美しかったわ、ルカ。あなたも会えたらよかったのに。肌は透き通るようだった。小さな手で私の小指を握ったのよ。しっかりつかまろうとするように」笑みが消えていく。「でも、つかまることはできなかった――そんなに長くは。私にできるのは、呼吸の間隔が少しずつ開いていくあいだ、あの子を抱っこしていることだけだった。そして最期のかすかな息を頑張って……」

ああ、神よ、とルカは思った。二人の赤ん坊は生まれた直後に彼女の腕の中で息を引き取ったのだ。

「君に付き添っていたのは？」自分が付き添うべきだったと思いながらルカは尋ねた。「君のお父さんか？　リリー？　友達？」

ヴァレンティナが首を横に振った。「誰も」

彼女が一人ぼっちだったなんてひどすぎる。ルカは農場にいた人物を思い浮かべた。彼は娘のシドニー行きの理由を知らなかった。「君のお父さんは何も知らないのか？」

「父には言えなかったわ。妊娠に気づいたとき、とにかく私は恥ずかしかった。両親と同じように一夜の過ちで妊娠したのよ。だから私は大学に戻って身を隠し、何事もなかったかのようにふるまったわ。そのあとは……誰かに話すどころか、考えるのも耐えられなかった」

「言ってくれればよかったんだ。僕がそばにいたのに。一人でいるべきではなかった」

ヴァレンティナがしゃっくりのような笑い声をもらした。「つまり、私が妊娠したと知らせたら、あなたは大喜びで私のもとに駆けつけたというのね」彼女はかぶりを振った。「それはないと思うわ」

ルカは彼女の言葉が気に入らなかったが、それが真実なのはわかっていた。

「そうね」ヴァレンティナが先を続ける。「あなたに連絡したかもしれなかったわね。子供が生まれたあとで。でも、両親は私のせいで結婚した。その後どうなったか考えてみて。私は自分が望んでいないことを強制されたくなかった。だから、あなたにも自分の望んでいないことを強制されると思ってほしくなかった」

「君はそんなことを言っていたね」ルカはヴェネチアの夜を思い出した。ヴァレンティナは熱を込めて、妊娠は結婚の理由にはならないと言っていた。「それで、君は待ったのか」

ヴァレンティナがうなずき、唾をのみ込んだ。強い風の中で彼女の顎が持ちあがった。「たぶん……私たちがあんなふうに別れたので、急いで会う気にはなれなかったということもあるわ。でも、子供が生まれたら言わなければならないのはわかってい た」彼女は鉄の囲いの中の小さな墓を見おろして、深く息を吸い込んだ。「でも、彼が早く生まれて……レオが死んでしまったとき……これで終わりだと思ったの。もう意味がないと……」

ヴァレンティナが首を振った。毛先がはねて天使の輪のように見えた。ルカを見つめる琥珀色の瞳には、深い悲しみが刻まれていた。

「でも、違ったのね。あんな形で知らされたなんて、あなたには申し訳ないと思っているの。本当にごめんなさい。すべてが裏目に出てしまったわ」

「いや」ルカはため息とともに言い、ヴァレンティナを見おろした。打ち寄せる波の音が、彼の声に覆いかぶさった。「それは僕のほうだと思うよ」

ヴァレンティナが潤んだ目を見開いた。

「おいで」ルカは彼女の手を取って立ちあがらせた。「少し一緒に歩こう。君に話があるんだが、レオが聞きたがるとは思えないんだ」

彼女はうなずき、ルカに従った。墓地の外の崖沿いの遊歩道に、見晴らし台が造られていた。荒波が岩肌に砕ける音は耳を聾《ろう》するほどだ。

ティナは風に目をしばたたかせ、夢を見ているのだろうかと考えていた。悲嘆するあまり、ルカの幻が見えるのかもしれない。けれども、横目でちらりと見るだけで、これが夢でないのはわかった。海を見つめる彼の顔は、崖の岩に刻まれたかのようにあまりに険しい。

また彼に会えてよかった。

彼が息子に会いに来てくれてよかった。

私に会いに来たと言わなかったのはつらいけれど、彼が来てくれてよかった。短い命だった赤ん坊をめぐる誤解も、これでようやく解けるに違いない。

もしかしたら、これで前に進めるかもしれない。

波の音が轟《とどろ》き渡る中、二人は無言で立ちつくし、それぞれ思いにふけっていた。ルカはどうやって切り出そうかと考えた。説明しなければならないことが、償わなければならないことが多すぎる。肌にかかる水しぶきがすがすがしい。彼の涙のように塩からいが、浄化作用がある。こんなふうに感じるのは奇妙だった。最後に泣いたのがいつだったか思い出せないというのに。

閉ざされた心の歯車がきしみ、涙が流れた。

あれは両親の死を知らされたときだった。霧の深い夜、二人の乗る水上タクシーがライトの壊れた船舶に衝突した。あれから何年もたつが、あのときの心の痛みは今も生々しい。何かが彼の心の鍵を開けて解き放ったのだ。何かでなく誰かだ――ヴァレンティナが解き放ってくれた。

ルカは繰り返し押し寄せる波を見つめた。激しく岩壁に当たっては、粉々に砕け散る。海は負け戦を戦っているように見えた。

だが、それは違う。あちこちで岩盤が落下しているし、大きく崩れ落ちているところもある。水の容赦ない力のせいでえぐれたり、すり減ったり、ぐらついたりしている。今日、ルカは崖になった気分だった。見かけは強いが、時間と波の絶え間ない攻撃に屈している。より大きな力にはかなわない。


突然、言うべき言葉がわかった。「ヴァレンティナ」ルカは彼女の両手を取った。ずっと握りしめていたい、温めてやりたいと思わせる冷たい手だ。「多くのことで僕は君を誤解していた」

ヴァレンティナがほほえんだ。ルカはむき出しになった新しい心が壊れてしまうのではないかと思った。自分はこの女性からこんな笑みを受ける資格などないのだ。「あなたがレオに会いに来てくれてうれしいわ」ルカは〝君を誤解していた〟という言葉を彼女が否定しなかったことに気づいた。

「君にも会いに来たんだ」ルカがこう言うと、ヴァレンティナの目が見開かれた。「僕がどうしてあんなふうにふるまったか、ほんの少しでもいいから理解してもらいたかったから。許してもらおうとは思っていない。だが、もしかしたら少しはわかってもらえるかもしれない」彼は肩をすくめた。「僕が子供のころ、両親が船の事故で死んだ。君も二人の墓を見ただろう。エドゥアルドとアニェータが僕を引き取り、住む場所を与えてくれた。僕は身一つで二人のもとに行ったんだ。父は新たに立ちあげた会社に全財産を投資したばかりだった。彼の死によって、会社は倒産し、わずかな収入のみとなった」

「わかっているわ」ヴァレンティナが言った。「リリーから、あなたがエドゥアルドと暮らしていたと聞いたの。エドゥアルドがリリーと結婚したとき、あなたは引き継ぐはずのものをまた失ったと感じたんでしょうね。なんとしても屋敷《パラッツォ》を取り戻したいと考えたのも当然だわ」

その言葉を聞いてルカは小さく笑った。「そんなふうに思ったんだな？　両親が死んだとき、僕は幼すぎて、失った財産について思い悩むことはなかった。僕はエドゥアルドとパラッツォが心配だった。彼はヴェネチアの長老の一人ではあったが、実業家ではなかった。家名による信望だけで食いつなぎ、財産は徐々に減っていった。成長した僕はパラッツォには大々的な改築が必要だと気づいた。だが、そんな金はなく、アニェータが亡くなると、エドゥアルドはひどく嘆き悲しんだ。何もかもどうでもよくなったのかと思ったよ。そこで僕はパラッツォに手を入れ、かつての輝きを取り戻すことでエドゥアルドに恩返しをすると約束した。引き取ってくれた二人に報いたかった。それを実現するために、昼も夜も学業と仕事に励んだ」

「ところが、彼はリリーと結婚してしまった」

ルカはうっすらと笑みを浮かべた。「そうとも言えるかな。彼女はパラッツォを改築するという僕の計画を拒絶し、エドゥアルドの限られた財産をあっという間に使い果たしてしまった」

ヴァレンティナがうなずき、風にあおられてひと筋の髪が彼女のまつげにかかった。ルカはそれを払いのけたくてうずうずしたが、それをするにはまだ早い。手を握らせてくれただけでも、よしとしなければ。「いかにもリリーらしいわ」

「不動産が彼女名義に変わったところで、僕は買い取ろうとした。リリーはまたしても拒絶した。だが、金が必要になると、リリーは僕のところに来た。彼女を追い払うには、あれしかないように見えた」

ヴァレンティナは深く息を吸い込んだ。「そうでもしなければ、彼女を引っ越しさせるのは難しかったでしょうね。教えてくれてありがとう、ルカ。おかげでいくらか理解できたわ」

「君にしたひどい仕打ちの言い訳にはならないよ」

「私があなたをひっぱたいて出ていったから、それでずっと怒っていたんでしょう」

「少しね」ルカは認めたが、ヴァレンティナの顔を見て、悔やんだようにほほえんだ。「もしかしたら〝少し〟以上かも。だが、あのときのことを正直に打ち明けなくてはならない」彼女の両手を握りしめると、指をからめた。「あの夜、僕はいらだっていた。君は僕の心に入り込んだ。そして君はあまりにも完璧だった。そうあってはならなかったんだ――君はリリーの娘だから。僕は君を好きになりたくなかったし、捨てる側でありたかった。だが、君から憎まれなければ、離れられないとわかっていた」

ヴァレンティナが美しい眉をひそめて、かぶりを振った。「それにしても、ずいぶん根に持っていたわね」その言葉に怒りがこもっていなかったので、ルカは気を取り直した。

「そのほうが都合がよかったからだ。大げさに言い、君のせいにすれば、君をヴェネチアに呼ぶ口実にできるし、復讐《ふくしゅう》と呼んで正当化できる。それに、怒るのは簡単だ。リリーのせいでパラッツォがますます荒れ果てていくんだから。しかも、僕は君を忘れられなかった。それでますます頭にきたわけだ。僕がしていることを話したのは申し訳ないと思っている。君を遠ざけるためだったんだ。ひどい言葉だったよ。以前君がヴェネチアを出る前と同じように、傷つけるために言った言葉だ。どうしてか？　君が最悪な女で、僕たちの子供を堕《お》ろしたんだと信じる必要があったからだ」彼の非難を追体験したかのように、ヴァレンティナが身を縮めた。ルカは彼女の手をぎゅっと握るだけで先を続けた。「心から申し訳ないと思っている。ともに過ごしたあの夜と同じく、僕の醜い言葉は効き目がありすぎた。そして今度は、君をヴェネチアから追いたてることになった」ルカは肩をすくめ、墓のある丘を見あげた。
「今まで息子の存在を知らなかったことで、僕もいくらか犠牲を払ったのかもしれないな」

　崖下で波が砕けた。一瞬、水しぶきが太陽の光を受けてダイヤモンドのように輝いた。

「僕の犯した過ちは決して償いきれない」ルカは言った。「本当にすまない」

　しばらくのあいだヴァレンティナは何も言わなかった。今にも手を引き抜き、説明をありがとうと言うのではないかとルカは思った。そして、またしても彼の人生から姿を消すのだ。今度は永遠に。

　だが、ヴァレンティナの手はそのままだった。やがて彼女がおずおずと問いかけた。「どうしてそこまでして私を追い払わなければならなかったの？」

　ルカは彼女の目を――その持ち主と同じように愛するようになった琥珀色の瞳を見つめた。「そうしなければ、真実を認めるしかなくなるからだ。僕は君を愛しているんだ、ヴァレンティナ。こんな言葉を僕の口から聞きたくないのはわかっている――あんなひどい仕打ちをされたんだから。僕は君に会いに来なければならなかった。ほんの少しでも君に許してもらう可能性があるかきく必要があった」

　ヴァレンティナが信じられないというように彼を見あげた。「私を愛しているの？」

　彼女が信じないとしても、ルカは驚かなかった。平手打ちを食らわなかったのが奇跡だった。「そうだ。僕は愚かで頭の悪い最低のくずだ。君にあんな仕打ちをして、あんなことを言ったんだから。君を愛している、ヴァレンティナ。君のいない人生は考えるだけでも耐えきれない。君はヴェネチアを去ったとき、僕の心も一緒に持っていってしまった。だが、見込みがあまりないのもわかっているんだ。君は僕のような男にはもったいない。もっとましな相手がいるだろう。もっとずっとましな相手が」

「あなたの言うとおりかも」ヴァレンティナの目に新たな涙が浮かんでいる。「私にはもっとふさわしい人がいるのかもしれない。でもいまいましいことに、ルカ・バルバリーゴ、私が愛しているのはあなたなのよ。あなたと一緒にいたいの」

　幸せすぎて死ぬことはあるのだろうか？　ルカは両手でヴァレンティナの顔を包み込んだ。彼女の言葉が疑念や不信の層を通して彼の意識に達し、心に届いた。「ヴァレンティナ」彼女の唇が誘いかけているとき、ほかにましな言葉は思いつかなかった。

　彼は私を愛している。

　ティナはそれを彼のまなざしに、やさしい手に感じた。二人のあいだの潮の空気の揺らめきから、二人の心の絆《きずな》からも伝わってきた。

　二人の唇が溶け合い、海の塩からさと涙が混じり合った。ティナはともにわかち合う喪失感を、熱い人生と愛の誓いを味わった。

「愛している」ルカが言った。「ああ、そうと気づくまで、どれだけ長い時間がかかったんだろう。だが、愛しているんだ、ヴァレンティナ。こんなことを尋ねる資格がないのはわかっている。だが、よければ僕の妻になってもらえないだろうか？」

　ルカの言葉、深い声がティナの全身を震わせ、心の中の喜ばしい答えを見いだした。この上ない喜びに彼女の目に涙が浮かぶ。「ああ、ルカ、答えはイエスよ！　あなたの妻になるわ！」

ルカは彼女を抱えあげて、きつく抱きしめると、水しぶきと轟音《ごうおん》の中でぐるぐるまわった。あまりにきつく抱きしめるので、ティナは彼の一部になったような気がした――彼の一部になっていた。

ルカはティナを地面に下ろし、真剣なまなざしを向けた。「君さえよければ、結婚してから、もう一度試してみよう。もう一人、レオに弟か妹を」

ティナは彼の腕の中で身震いした。「でも、もし……ルカ、私、怖いの」我が子が眠る丘を見あげる。「どうしてあんなことになったのか、誰にもわからないのよ。また同じことが起きたら、きっと私は耐えられない。次は立ち直れないかもしれないわ」

「大丈夫」ルカはそう言ってから、ティナの体を揺すった。「大丈夫だよ、二度と起こらない」

「どうしてわかるの？」

「わからないよ。僕に約束できるのは、もしまた起きたとしても――人生がそこまで残酷だとしても、今度は君を一人にはさせないということだ。僕は君のそばにいて、君の手を握っている。君が失えば、僕も失う。君の涙は僕の涙だ。あんなつらいことをまた君一人だけに経験させたりしない」

ルカの言葉がティナに確信を与えた。言葉の裏側に見える感情が勇気を与えた。

「そうね……」ティナは悲しげに言うと、顔を上げた。「私たちが結婚したときに……」

ルカはこの女性の勇気に感服し、彼女を引き寄せてふたたびキスをしてから、きつく抱きしめた。服をはためかせる風と砕ける波の水しぶきから――人生が投げかけるであろう最悪の事態から、守るつもりだった。これから先、何が起ころうと、二人の愛は永遠に生きつづける。それだけはわかっていた。

エピローグ

二人はヴェネチアで結婚した。黒と金に塗られた婚礼用のゴンドラが待っていた。内側は深紅の厚いベルベットに覆われ、シルクサテンのクッションが置いてある。こざっぱりしたなりのゴンドラ漕《こ》ぎは苦もなくリズムに乗って船を進めていた。人々の目を引きつけたのは、誇らしげな父親の隣で満面の笑みを浮かべる花嫁だった。

ルカは花嫁から目をそらせなかった。

彼の花嫁――ヴァレンティナから。

船から降りた彼女は、女神にふさわしいドレスを着ていた。色はハニーゴールド、ワンショルダーのデザインで、胸のふくらみをぴったりと覆う生地が裾に向かってゆるやかに広がっている。クラシックで、しかも女性的だ。ティナの首を飾るのは、ルカがプレゼントした琥珀《こはく》のネックレスだった。

二人は《椿姫《つばきひめ》》を見に行ったスクオーラ・グランデ・ディ・サン・ジョヴァンニ・エヴァンジェリスタで夫婦となった。足元の地面が揺れる気がしたあの晩、ティナはルカを愛していると悟ったのだ。彼女の父親が気乗りのしない笑みを見せながら、娘を花婿の手に引き渡した。席に戻ってディアドリ・ターナーの手をしっかりと握った父親に気づいて、ティナはほほえんだ。

すばらしい結婚式のあと、披露宴が改築のすんだルカの屋敷《パラッツォ》で開かれた。建物はかつての輝きを取り戻していた。土台も新しく強固なものになり、正面はヴェネチア有数の名家にふさわしく、華やかな装飾が施されていた。

「ほんとに美しい結婚式だったわ」リリーがため息

まじりに娘に言った。二人は口紅を直しに、化粧室に来ていた。「でも、考えてみると、あなたが美しいからだわね、ヴァレンティナ。あんなに輝いている花嫁を見たのは初めてだと思うわ」

ティナは一日じゅう笑みを抑えられなかった。そして今、その笑みはさらに大きくなった。「彼を愛しているの、リリー。私、とっても幸せよ」

母親が娘の手を取った。「見ればわかるわよ。あなたが誇らしいわ、ヴァレンティナ。すてきな女性に育ってくれたわね。私はこれまでずっとあなたのお荷物だった。本当に申し訳なく思っているの。でも、これからはましな母親になるって約束するわ。違う人間にはなれないけれど、変わるよう努力する。もっとましになるわ」

「ああ、リリー」ティナの目に涙があふれたとたん、リリーがすばやくティッシュを手渡した。ウォータープルーフのマスカラにも限界がある。

「まったくもう《サクレ・ブリュ》！　今度はあなたを泣かせちゃったわ！　それなら、あなたを笑わせるためにほかのことを言わせてちょうだい——アントニオがひどく感激して、式の直後にプロポーズしてくれたのよ」

ティナは口をあんぐりと開けた。驚きの告白に、涙も引っ込んだ。「それで？」

「もちろん、イエスと言ったわよ！　すぐに自分が変われるなんて思っていないけれどね」それから二人は同時にティッシュに手を伸ばした。どちらも大笑いしていた。

「リリーがアントニオと結婚するそうよ」舞踏室の床の上で回転しながら、ティナはルカに伝えた。床の人造大理石は何世紀も前に作られたものだ。

ルカはほほえんで彼女を見おろした。「ミッチは花嫁を引き渡す役を引き受けるのかな？」

「どうかしら」ディアドリとまわりながらすれ違った父親を見ながら、ティナは考えた。二人はしっかり見つめ合っている。「彼も婚約しそうだし」ルカは笑ってティナを抱き寄せた。「父親をほかの女性にとられても気にならない？」

「もちろんよ。私もうれしいわ。それに……」ティナはルカを見あげた。「私が何を手に入れたか見てちょうだい。私は世界一運のいい女なのよ」

「愛しているよ」ルカが彼女をくるりとまわした。「これからもずっと」

琥珀色の瞳が潤むのを感じながら、彼の花嫁は満面の笑みで花婿を見あげた。「私もあなたを愛してる」ティナははっきりと言った。「心の底から」

ルカの瞳が暗く陰り、顔が近づいてきた。だが、ティナは人差し指で彼の唇を押さえた。

「でも待って！ 言わなければならないのは、これだけじゃないの。まだあるのよ」

ティナはルカに身を寄せて、気づいてからずっと伝えたかった秘密をささやいた。そしてルカは、期待どおりの反応を見せた。声をあげて、両腕で彼女を抱えあげると、彼女がめまいを感じるまでぐるぐるまわったのだ。それから彼は動きをとめて、ティナにキスをした。ふたたび彼女はめまいに襲われたが、今度は全身を駆けめぐる愛のせいだった。

二人とも今日が最高の日だと知っていた。それでも七カ月後に起きる出来事とは比べものにならない。

健康な肺を誇るミッチェル・エドゥアルド・バルバリーゴは、月満ちてこの世に生を受けた。ルカは約束どおり、ティナに付き添っていた。彼女の手を握りながら額をぬぐい、背中を撫《な》で、ずっと離れなかった。ティナを一人にしないという言葉は本当だったのだ。

そしてこれもまた彼の言ったとおり、ティナの涙は彼の涙でもあった。ただし、今度は感極まって流れたうれし涙だ。

新たに加わった家族を思う愛の涙だった。

ひと月だけの愛の嘘
2013年12月5日発行

著　　者	トリッシュ・モーリ
訳　　者	山本みと（やまもと　みと）
発 行 人	立山昭彦
発 行 所	株式会社ハーレクイン 東京都千代田区外神田3-16-8 電話 03-5295-8091（営業） 0570-008091（読者サービス係）
印刷・製本	大日本印刷株式会社 東京都新宿区市谷加賀町1-1-1

ISBN978-4-596-12916-1 C0297

12月20日の新刊発売日12月12日
※地域および流通の都合により変更になる場合があります。

愛の激しさを知る　ハーレクイン・ロマンス

一夜が結んだ絆	シャロン・ケンドリック／相原ひろみ 訳	R-2918
誘惑された白雪姫	ミランダ・リー／柴田礼子 訳	R-2919
寝室の花嫁	キャロル・マリネッリ／朝戸まり 訳	R-2920
ギリシアの悪魔富豪	ジェイン・ポーター／加納三由季 訳	R-2921
シークに娶られて	メイシー・イエーツ／槙　由子 訳	R-2922

ピュアな思いに満たされる　ハーレクイン・イマージュ

雪原で誓いのキスを	サラ・モーガン／瀬野莉子 訳	I-2303
悪魔に嫁いだ乙女	イヴォンヌ・ウィタル／藤倉詩音 訳	I-2304

この情熱は止められない！　ハーレクイン・ディザイア

プリンスの理想の花嫁探し	サンドラ・ハイアット／さとう史緒 訳	D-1591
億万長者の冷たい求愛	マクシーン・サリバン／佐倉加奈 訳	D-1592

もっと読みたい"ハーレクイン"　ハーレクイン・セレクト

あなたの記憶（ミスター・ミリオネアⅢ）	リアン・バンクス／寺尾なつ子 訳	K-199
砂の城	アン・メイザー／奥船　桂 訳	K-200
運命の人はだれ？	キャロル・モーティマー／平江まゆみ 訳	K-201

永遠のハッピーエンド・ロマンス　コミック

- ハーレクインコミックス（描きおろし） 毎月1日発売
- ハーレクインコミックス・キララ 毎月11日発売
- ハーレクインオリジナル 毎月11日発売
- ハーレクイン 毎月6日・21日発売
- ハーレクインdarling 毎月24日発売

ハーレクイン・プレミアム・クラブのご案内

「ハーレクイン・プレミアム・クラブ」は愛読者の皆さまのためのファンクラブです。
■小説の情報満載の会報が毎月お手元に届く！　■オリジナル・グッズがもらえる！
■ティーパーティなど楽しいメンバー企画に参加できる！
詳しくはWEBで！　www.harlequin.co.jp/

シャロン・ケンドリックが描くイタリア貴族との恋

ジャスティナは、公爵家へ嫁ぐ友人の結婚式で、5年ぶりに元婚約者のダンテに再会する。過去の裏切りを憎みながらも、思わず一夜をともにした結果…。

『一夜が結んだ絆』

●ロマンス
R-2918
12月20日発売

メイシー・イエーツの2部作による連作を、12月と1月で連続刊行!

極秘で代理出産を引き受けたクロエは、砂漠の国の次期国王となる赤ん坊を生み育てている。そこにその子と王位を争うかもしれないシーク、サイードが現れ…。

『シークに娶られて』

●ロマンス
R-2922
12月20日発売

サラ・モーガンのイタリア人ドクターとの恋

シングルマザーのメグにとって、医師で登山家の同僚ディノは、ほっとする頼もしい存在。しかし雪山で二人きりになったとき、なぜか落ち着かない気分になり…。

『雪原で誓いのキスを』

●イマージュ
I-2303
12月20日発売

マクシーン・サリバンの遺言による愛なき結婚

カサンドラが夫を亡くして間もなく、夫の弟ドミニクが兄の遺言を伝えに来た。そこには、娘のためにカサンドラとドミニクは結婚せよと記されていた。

『億万長者の冷たい求愛』

●ディザイア
D-1592
12月20日発売

大ベテラン作家アン・メイザーの砂漠の貴公子の恋

結婚せずに出産しすぐに手放した息子と、その父親でアラブの貴公子アレインがアシュレイの前に突然現れた。2人との7年ぶりの再会で迫られた条件は?

『砂の城』(初版:R-329)

●セレクト
K-200
12月20日発売

どん底ヒロイン決定版! 2カ月連続刊行

失踪した妹の代わりに、悲運な姉はイタリア伯爵への生け贄となった。

メアリー・ライアンズ作
『もつれた糸』(初版:I-262)

●プレゼンツ 作家シリーズ別冊
PB-137
12月20日発売